시시한 말

BANALIJE

BANALIJE

by Brane Mozetič

브라네 모제티치 시집

시시한 말 · 끝나지 않는 혁명의 스케치

초판 1쇄 2023년 3월 21일 펴냄

지은이 브라네 모제티치

옮긴이 김목인

디자인 이기준

편집 나낮잠 노유다

펴낸이 노유다 나낮잠

펴낸곳 움직씨 출판사
주소 10550 경기 고양시 덕양구 삼원로 73, 808호

전화 031-963-2238 팩스 0504-382-3775

이메일 oomzicc@queerbook.co.kr

홈페이지 queerbook.co.kr

온라인 스토어 oomzicc.com

페이스북 · 트위터 · 인스타그램 @oomzicc
인쇄 넥스프레스

ISBN 979-11-90539-17-3 (03890)

일러두기

1. 이 책은 뉴욕의 Midsummer Night's Press에서 펴낸 브라네 모제티치 시집 『Banalities』(2008)를 우리말로 옮긴 것입니다.
2. 각주는 옮긴 이의 것입니다.
3. 시인의 의도에 따라 모든 시에는 제목이 없습니다.

시시한 말

시시한 말 시시한 말 시시한 말 시시한 말 시시한 말 시시한 말 시시한 말 시시한 말 시시한 말 시시한 말 시시한 말 시시한 말 시시한 말 시시한 말 시시한 말 시시한 말 시시한 말 시시한 말 시시한 말 시시한 말

브라네 모제티치 지음
김목인 옮김

BANALIJE

Brane Mozetič

그는 늦었다, 평소처럼. 더 이상 어울릴 이유가 없다.
모든 게 시시해져 버렸다: 인생, 글쓰기, 모두 부질없다.
그는 내 옆에 누워, 나를 껴안았고, 순간 나는 어떤
냄새를 알아차렸다. 움찔하며 다시 확인했지만 아무것도
없다. 하지만 선명했다. 나는 속이 뒤틀리기 시작해,
일어나 화장실로 달려갔다. 모든 게 빙빙 돌아, 열린
창문으로 공기를 좀 쐬려 했다, 한 남자의 냄새. 내가
내내 달아났던 그 세월들이 돌아와 있었다. 그건 그의
냄새였을까? 언제 도착했지? 전에도 여기 있던 걸까?
아니면 그에게 밴 다른 남자의 냄새였을까? 그는 날
뒤따라오지도, 노크하지도 않고 거기 그대로 있었다,
너무나 멀리. 나는 벌벌 떨며, 문을 잠그고 바닥에
웅크렸다. 별 도움이 되지 않았다. 내 계부의 손이
쏜살같이 날 뒤쫓았다, 한 남자의 손, 날아가 버린
내 머리. 매번 그가 가까이 오면, 나는 다른 데로 피해
버리곤 했다. 그 손이 멀찍이 있을지라도. 냄새는 이미
가득했다. 그걸 아파트에서 내보내는 것은 불가능했다.
나는 남자들의 세계를 좋아하지 않아서, 그들로부터
물러나오곤 했다. 그래서 난 어느 세계에 속했던 거지?
나도 그런 냄새를 풍겼나. 다른 누군가를 때릴 때?
지금 그 냄새는 어찌나 고통스러운지. 문을 열고 그를
씻길까? 그게 가능할까? 껴입고 다른 어딘가로 가
그 없이 자려고 해 볼까?

내가 지켜보는 동안 개는 들판 여기저기를 뛰어다닌다.
이따금 멈추어 킁킁대고는 다시 달린다. 원을 그리며
가서. 주로 두더지 언덕들 주위에서 냄새를 맡더니. 곧장
구멍으로 머리를 들이민다. 나는 내 주머니에서 진동하는
휴대폰에 산만해진다. 곧 갈게요. 뭐 하고 계세요? 저명한
여성 시인이 묻는다. 독서 중인가요? 집필 중? 공원이 아마
멋지겠죠. 아뇨, 아뇨, 나는 당황한다. 두더지 언덕들을
보고 있어요... 저희 개가 그 속에 코를 들이밀어서요.
오, 정말요? 전 작업 중이실 거라 생각했어요. 알겠어요,
끝나면 전화할게요. 개는 이제 가장 큰 언덕부터 시작해
킁킁거리며 맹렬히 땅을 판다. 나는 총명한 시를 쓰기에는
너무 멍청하다. 나는 개에게로 달려간다, 녀석이 너무
몰입하고 있기에. 소리를 지르지만 녀석은 신경조차 안 쓴다.
나는 녀석을 끌어낸 다음, 두더지들의 세계로 이어지는
굴 옆에 무릎을 꿇어 본다. 개가 이미 한 마리를 죽였다.
그 뒤에, 누군가 공포에 질려 나무껍질을 모으는 중인데,
자기 책을 만들고 있는 작은 두더지-시인이다. 그는 책을 더
깊숙이 끌고 갈 것이다, 땅 속으로, 거기서 책을 묶을 것이고,
이제 책은 수천 개 땅굴들을 통해 중앙 두더지-도서관으로
향할 것이다. 이미 역사가 수백만 권의 책들로 기록된 곳.
난 미소 짓는다: 다시 한번 내 주머니가 진동한다. 하는 수
없지. 난 일어나, 자리를 뜬다, 개는 날 지켜보다가, 내가
몸을 돌리자, 자신이 잔해들을 파괴하도록 허락받았다는
것을 알아챘다.

왜 내가 군인을 싫어하냐고? 그들은 온갖 곳에다
아이들을 만들기 때문이다. 그리고 아이들을 죽인다.
아버지에 대한 내 최고의 기억은 군복을 입은 그의
사진과 관련이 있다. 나머지는 전부 희미해졌다. 그가
어디에서 사라졌는지, 지금은 어디에 있는지 난 모른다.
단 한 번의 촉감도 기억나지 않는다. 혹은 그 촉감에
겁이 난다. 병영에서 우리는 종일 여기저기를 걸어
다니고, 아무 질문 없이 군화를 수백 번은 닦으면서
보냈다. 군인들은 언제나 평화를 유지한다. 같은 식으로
경찰은 우리를 보호한다. 제복을 입으면, 모두가 어느
정도 똑같다. 난 이게 따분하다. 난 항상 텅 빈 머리들을
상상한다, 언제나 똑같은 대본 하나를 따르는. 나는
대부분의 사람들이 제복을 입을까 걱정스럽다. 아니면
그런 것이나 마찬가지일까 봐 걱정스럽다. 그리고 네가
언젠가 내게 한 벌 입어 보라 했을 때, 나는 네가 나를
세뇌하려 했다는 걸 몰랐다. 그래서 나중에 네가 나에게
경찰 한 명을 찾아냈다고 말했을 때, 난 너를 알아챘다.
어릴 때조차 나는 카우보이와 인디언 놀이를 하는 데에는
전혀 재주가 없었다. 나는 단 하나도 이해할 수 없었다.

너의 집을 지나치는 게 두렵다. 언제나 두렵다. 너와, 너의 기대들, 너의 이해들. 너는 더 강했다: 감정의 폭발, 깨진 접시들, 네가 차에서 뛰쳐나와, 타이어 앞에 누워 비명을 질러 대던 때: 계속해, 날 넘어가 보라고! 헤드라이트의 조명을 받은 그 장면은 무시무시했다. 네가 집에 늦게, 아침이 다 되어 오기 시작하자 나는 떨었다. 너의 시선 앞에서는 신경이 뒤틀리곤 했다. 우리는 서로를 받아들이는 것에 대해 여러 달 얘기하곤 했다, 네가 그만 됐다며, 세 단어로 나를 파괴할 때까지. 고의로 한 말이었는지도 모른다, 내 머릿속에 맴돌며 내 연애들을 망친 말들. 나는 두렵다, 너의 집을 지나치는 것이. 그 집에서 너는 밤에 못을 박는다. 벽 속으로. 내 욱신거리는 두개골 속으로! 나는 그걸 멈추러 멀리까지 가곤 했다. 그 말들을 되돌리려고.

무슨 일이 있었냐고? 밤 산책을 나갔다, 내가 속한 가련한
국가의 대안적 세력들을 위한 일종의 보호 구역으로,
그리고 보라, 나는 이리저리 끌려다녔다. 어둠 속에서
그들은 맥주를 홀짝이고, 떠들거나 소리쳤고, 그중
몇 명은 댄스 플로어 위를 거칠게 펄쩍펄쩍 뛰어다녔다.
대마 냄새가 났고, 두 명의 딜러가 내 옆구리를 찔렀다,
뭐라도 사야 한다고. 그래서 혼자 중얼거렸다, 조금
비축해 두는 편이 나을지도 모르겠다고, 어쩌면 무언가
멋진 것이 뒤따라올 거라고. 나는 이미 내 삶의 절반을
살아남으려 애쓰며 보냈다, 혹시나 삶의 신비를 발견할까
싶어서! 이제 나는 그 결실 없는 노력들을 잊기 위해
젊은이들 틈에서 벗어났다. 그리고 여기 한 소년이 있다.
그저 약으로 스스로를 무의식에 이르게 하려고 기다리는.
나는 그의 손에 알약을 밀어 넣고 공모하듯 씩 웃었다.
나는 내가 멀쩡한 정신으로 있을 수 없다는 것을 안다.
그는 약에 취했고, 눈을 굴리고, 이를 갈면서 굉장히
어렵게 얘기했다. 그는 나한테 바짝 붙었고, 머리를
울려대는 음악 속 우리의 침묵은 나를 감동시켰다.
우리가 어떻게 집으로 왔는지는 모르겠지만, 나는 집에 와
그의 옆에 누웠다. 그는 잠들었고, 바깥은 밤이고, 나는
잠이 오지 않았다. 그래서 옷을 챙겨 입고, 집과 거리들
사이로 걸어 나왔다. 그때에야 비로소 나는 눈이 와 땅을
뒤덮는다는 것을 깨달았다. 올려다보았다. 가로등의 불빛
아래에서 나는 보았다. 나를 향해 날아오는 눈송이들을,
모든 것이 빙빙 돌고, 너무도 아름다워 모든 질문들은
완전히 무의미해졌다.

사람들은 요즈음 전쟁과 평화를 결정한다. 호전적인 이들은 전자를 더 선호한다. 길게 줄지어 기다리며 투표를 한다. 다른 이들, 자신의 집에서 몸을 수그린 이들은 이해하지 못하고 이해해 본 적도 없다, 왜 자신이 살아가는지. 그리고 나는 여기 내 자신의 삶 앞에 앉아 있다, 그것이 얼마나 시시한지를 깨달으며. 거의 언급할 가치도 없다. 나는 조용히 있다. 저 모든 책들, 저 모든 대화와 글쓰기는 내 마음에서 길을 잃었다. 더 이상 아무것도 모르겠다. 그저 사라져 버리는 게 낫겠다는 것 말고는. 이러한 무의미가, 내 자신의 삶 앞에 섰을 때 갑자기 엄습하면, 나는 뒤돌아 뛰쳐나간다. 동네와 가게들을 이곳저곳 돌아다니고, 내내 대화를 나눈다, 우스워져 나를 좋은 분위기로 돌려놓는 시시한 것들에 대해 얘기한다, 말장난을 하고, 뜻깊은 말이라 해도, 더 이상 어느 것도 치명적이지 않고, 비극적이지 않고, 결정적이지 않다. 심지어 전쟁이나 종교, 사랑에 대한 결정조차도, 모든 것은 내 가슴에서 굴러떨어졌고, 내 발밑 어딘가에 모여 있다, 그리고 나는 미소 짓는다, 보상받은 채, 그 방에서 혼자 부루퉁해 곰곰이 생각하고 또 생각하는, 내 시시한 삶에 무슨 일이 일어날지에 대한 걱정 없이.

오늘 오후 그 소녀가 다시 찾아온다. 매일 오후 다른
누군가의 모습이지만, 그녀는 내 머리를 떠나지 않는다.
그녀 앞의 수북한 카탈로그 더미, 우편 주문이 가능한
대형 마켓들, 최저가들, 그녀는 흥미를 갖고 그것들을
넘겨 본다. 때로는 멈추어 나에게 반짝이는 시선을
건넨다. 파편화된 상태로, 작은 소녀가 다가온다, 허벅지
사이에 몸을 묻고 울면서. 나는 왜 그러는지 묻는다.
요란한 색들이 너무 많아서. 브래지어 차림의 모델들,
스웨터와 속옷을 입은 남자들. 그녀는 초조해져서
페이지를 건너뛴다. 그 사람이다, 그녀는 입술을 깨문다,
팔에 털이 많은 사람! 그다음 그녀는 세탁용 세제 앞에
와 있다, 모든 얼룩을 지워주는, 나이가 얼마이든, 그녀의
이야기는 잘 알려진 것이다. 나는 그런 이야기를 수백
번은 들어 봤다. 나는 창밖을 내다본다, 아예 태어난
적이 없었더라면, 시작도 끝도 없었더라면 하는 욕망에
사로잡혀. 최악은 조여드는 위장과, 짧아지는 호흡,
경련하는 손이다. 그녀는 카탈로그들을 다시 정돈한다.
그녀에게 무슨 말을 할 수 있을까? 그녀는 내가 무슨
말이라도 하길 기대할까? 나는 그녀에게 무슨 이야기를
듣고 싶은지 묻는다. 아무것도. 나는 네가 조용히 있는 게
더 좋아. 그리고 다시 한 번 카탈로그들을 굽어본다.
나는 이 모든 걸 원해, 이것들 전부를.

금요일은 네가 죽음을 생각하는 날이다. 그게 네가 바깥으로 나가야 하는 이유이다, 충분한 고통과 피학증을 겪어 왔기에, 지속적으로 벽에 돌진하면서. 너는 약과 술에 취했고 클럽에서 클럽으로 차를 몬다. 너는 간신히 안다, 누구와 키스를 하고 있었는지, 얼굴들이 희미하다. 너는 누군가를 집으로 데려가고픈 유혹을 느끼지만, 그러고 나서 잊어버린다. 경찰이 차를 세우라고 하고, 너에게 말한다. 취했으니 계속 가려면 걸어가야 한다고. 완전히 정신이 나가, 너의 친구들은 너를 다음 술집으로 끌고 가고, 거기에서 너는 훨씬 더 약과 술에 취해 버린다. 어둡다. 블라인드는 내려져 있다. 다시는 아침이 오지 말라고.

미사일이 하늘을 밝히는 것처럼 보인다. 내 주위에는
아무런 말도 없다. 내가 잘 모르는, 안 들리는 소음이
있는 게 분명하다. 전문가 한 명을 부른다, 충분한 책들,
몸들, 그에게 모든 게 다시 시작될지 모를 한 지점을
찾아보게 한다. 많은 시간이 필요치 않다. 그는 검은
덮개를 펼쳐 놓고 나에게 내 벌거벗은 몸을 내맡길 것을
명령한다. 그는 검은 장갑을 끼고 나를 만진다. 이따금,
내가 그걸 느낄 수 있는지를 묻는다, 어딘가가 아픈지도.
조금씩 그는 내 몸을 빨고, 내 위에 묵직하게 눕고,
내 귀를 깨문다. 나는 그가 한 지점을 찾아내기를
기다린다. 우주가 활짝 열리며 내가 숨을 헐떡이게 될
지점을, 네 곁에 누워 있을 때처럼 느끼며, 너의 가슴에
손을 얹고 부르르 떠는 그 순간을. 바늘을 쓸 수도 있어요,
그가 제안한다. 당신의 가슴과, 손을 찌를 거고, 성기를
꿰뚫을 거예요, 어떤 사람들은 여전히 그걸 즐기죠.
내가 무슨 말을 해야 할까? 그가 그의 지식을 쓰라고
둔다, 그의 모든 가능성들을, 그가 어떻게든 그 느낌을
잠깐이라도 되돌릴 수 있게 둔다, 잃어버린 그 느낌을.
그는 이해하지 못한다. 그는 모든 이들을 돕지만
내 경우에는 존재하지 않는 무언가를 원한다, 무언가 내가
지어낸 것, 나만이 지울 수 있는 것을 원한다. 몇 시간
지나, 그는 포기하고 그의 도구들을 챙겨 떠난다. 나의
상처들이 활활 탄다, 내가 느끼는 모든 것.

노천카페에서 첫 햇살 아래 앉아 있다. 아직은 재킷으로
몸을 감싸야 하고, 봄이다. 한 아이의 손을 쥔 여자가 테이블
사이를 지나다가 멈추어 손을 내민다. 웨이터 한 명이
그녀를 쫓아내고, 사람들은 계속 최신형 차와 여자들,
옷에 대한 이야기를 나눈다. 정치 얘기는 아니다, 더 이상
아무도 거기에 관심이 없다, 세상에 대한 철학적 관점에
대해서는 말할 것도 없고. 술병들이 계속 이어지고, 사람들은
활짝 미소를 지으며 병들을 늘어놓는다. 남자애 한 명이
내게로 걸어와 상처와 흉터로 뒤덮인 팔들을 보여 준다.
우리는 오랫동안 알고 지낸 사이이다. 그가 자리에 앉는다.
그리고 그저 나를 쳐다본다. 난 담배 한 개비를 건넨다.
그는 한마디도 하지 않고 조용히 피운다. 그러다 음흉하게
속삭인다: 이런 거 좋아할걸. 주머니에서 면도날을 꺼내더니
자기 팔의 부풀어 오른 살갗을 벤다. 순식간에 온통
피투성이이다. 누군가 비명을 지르고, 웨이터는 달려오고,
그 애는 일어서는데, 떼밀어 쫓아낼 필요도 없다, 내게
미소를 짓더니 가 버린다. 나는 내 쪽으로 향하는 날카로운
시선들을 느끼고, 그 대화들의 공허함을 느낀다. 내가 할 수
있는 일은 달리 아무것도 없다. 봄이 왔고, 테이블보 위의
피, 텅 빈 머리, 멍청하게 눈이 휘둥그레진 나, 순간 나는
일어나고 싶지가 않다, 왜 그래야 하는지도 모른다.

얼마나 더 오래 그걸 버틸 수 있을지 모르겠다. 네가 얼마나 많은 소년들을 내게 데려오든, 맡고 싶은 한 명이 없다. 나는 그들의 안절부절못하는 손과 시끌벅적함, 서투름을 다룰 수가 없다. 나는 그들이 들이닥칠까 봐 내내 두려움을 느낀다. 그들이 문을 닫은 뒤에야 나는 안도한다. 네가 여기 내 옆에 눕는 것은 의무감에서 하는 일처럼 보인다. 늦었다. 언제나 늦는다. 우리가 섹스를 할 때, 개의 갈라진 머리가 내 머리 옆 베개 위에 나타난다. 그것은 내게 안긴다. 파란 눈이 나를 응시한다. 나는 몸을 흔들고 비명을 지르는데, 너는 그것이 쾌감에서 비롯된 거라 생각한다. 나는 손가락으로 너의 아직 따뜻한 몸, 부드러운 털들을 만진다. 난 눈물이 글썽한 눈으로 너를 보고 너는 내 위에서 즐거운 미소로 들썩인다. 왜냐하면 너는 내가 그걸 즐기고 있다고 생각하니까. 너는 아무것도 이해하지 못한다. 네가 일을 마치면, 그 머리가 사라지고, 나는 무척이나 외로워진다는 것을.

그는 자신이 열여섯 살이며 오랫동안 허송세월하며
살아왔다고 말했다. 기본적으로 그는 혼자 뭘 해야 할지를
몰랐다. 불쑥 내게 말을 건넸고, 온통 관심을 쏟았으며,
나를 핥고, 나에게 자신을 활짝 열었다. 그는 공격성을
좋아하지 않았다, 비록 자신이 개입됐던 싸움들에 대해 무척
자랑하긴 했지만. 그는 훔치고, 강탈하고, 사기를 쳤으며,
온갖 약에 몸을 맡겼고, 절정에 이르는 데 굉장한 어려움이
있었다. 사회에서 시대를 바꿀 역사적 사건들이 일어나고
있던 동안에도, 그는 읽는 법조차 알지 못했다. 그가
내 모든 책들로 뭘 하겠나? 그는 전선에서는 굉장할 것이다,
미친 듯이 쏴 댈 것이다. 그에게는 애초에 사랑을 한다는 게
불가능할 것이다. 어떤 경우든 그 모든 건 과거의 것이다.
내 생각에 내 모든 지인들은 달리 아무것도 그들의 마음에
떠오르지 않아 나와 함께 있는 것이다. 한 사람의 세월은
이런 식으로든 저런 식으로든 반드시 가득 채워져야
하니까. 때때로, 뚜렷한 이유도 없이, 그는 구석의 바닥에
누워 태아처럼 몸을 웅크린 채 나와 대화하기를 거부했다.
혹은 자신이 날 얼마나 사랑하는지를 속삭이곤 했다. 만일
그가 죽는다면, 그는 가장 적은 양의 해를 입힐 것이다.
난 그 일에 대해 생각하고는 움찔했다. 심지어 그를 돕는
일에 대해서는 더더욱.

궁정 시인들 뒤에 지혜로운 시인들이 나타났다. 그리고 학구적인 시인들과 시인 예언자들, 그리고 미치광이 시인들이. 이제 이 모든 것들로부터 진화된 것이 중독된 시인들이다. 술병을 들고 어두운 밤거리를 휘청거리며 고양이들을 놀라게 하거나, 자신들의 머리를 깨는 이들이 아니다. 그냥 약 전문가들. 그들은 자신을 다른 세계로 던진 다음, 환각에 대해 기록하거나 자기 피부를 뚫는다. 문신한 손이 전자 키들을 누르고, 이따금 빨대를 가져다 흰 줄을 들이마신다. 난 충분히 하고 나자, 침대의 너에게로 합류한다. 너는 이를 꽉 물고, 내 머리, 내 머리칼을 당겨 아래쪽으로 민다. 나는 시간을 끈다, 네가 분노에 접어들도록. 넌 아마 내게 아무것도 느끼지 못할 테지만, 이제 날 못 가게 할 것이다. 나는 네 성기 위에 약간의 흰 분말을 흩뿌리고, 너는 경련을 일으키며 폭발한다. 얼마나 시끌벅적한 소리를 내는지! 이것은 분명히 시가 아니다. 그다음 너는 돌아눕는다, 일어날 시간, 왜냐하면 중독된 시인의 삶이란 쉬운 게 아니니까.

아침부터 이미 지옥처럼 더웠다. 사람을 멈춰 세우는
그런 날. 인생을 거부하고 싶어지는. 나는 라디오와 티브이,
전화와 휴대폰, 컴퓨터를 껐고, 심지어 냉장고도 꺼 버리고
싶었다, 윙윙대지 말라고. 옆집 방에서 나는 사람들의
목소리, 바깥의 차들, 기차들, 종소리들. 나는 블라인드를
내린다, 최소한 살짝이라도 그 모든 소음을 차단하려고,
특히나 태양과 열기를. 혼자서, 온통 땀에 전 채, 바로
그 기본적인 질문들 이전처럼. 내가 실제로 무언가에
성공할지도 모르는 그런 날. 나는 책들을 한쪽에서 다른
쪽으로 옮긴다, 나 자신도, 나는 이 모든 것들로 뭘 할지
모른다. 내 머리는 고통으로 폭발하려 한다. 또한 내 손목에
선을 긋는 욕망으로부터도, 왜냐하면 그런 날은 지치니까.
혼자서, 그러니까, 처음부터 끝까지. 시간은 길게 지속되고
모든 게 멈춘 그대로이다. 나는 우리가 배운 그 어느
곳으로도 우리를 실제로 안내하지 않는 모든 감정들을
끝내고 싶어진다. 나는 긍정적인 삶에 대한 자기 계발서들을
흘끗 보지만 거부하는 법에 대한 책은 찾을 수 없다.
수천 가지 목소리가 되풀이한다, 꾸준히 계속하라 꾸준히
계속하라, 난 그것이 부질없다고 말할 수 있는데도. 과거 속
모든 것은 견딜 만하고, 심지어 아름답다, 지금 이 열기로는
아무것도 제대로 된 게 없다. 나는 눈을 감고 여기에
없는 척한다.

그 후 나는 한 시인과 만난다. 왜인지는 확실히 모른다.
그가 자기 가방에서 원고를 꺼낸다. 낱말로 가득한.
나는 고요하다. 실제로, 이건 어색한 상황이 틀림없다.
나는 그의 손이 페이지를 넘기는 걸 지켜본다: 어쩌면
난 그 손을 애무할 수 있을지도 모른다. 그의 몸 위에서
여행할 때일지라도, 나는 내가 그에게 매혹되었는지
확신하지 못한다. 그리고 왜 이것이 그의 원고에 대한
나의 판단에 영향을 주어야 하는지도. 그는 아주
영리하다. 내가 그의 피부를 내 혀로 살펴본다 해도,
그는 영리한 것들을 말하고 있으리라. 난 멀리 있는
장소로 따라가고, 그는 파이프를 꺼내고, 그러는 데
잠깐 걸릴 뿐이다. 그가 연기를 뿜을 때, 나는 너와
함께 발코니에 앉아 있다. 여름이고, 우리 옆에는
두브로브니크*에서 온 여인이 있고, 우리는 방금
돌아왔다, 노곤해진 채, 우리가 서로를 집어삼키며
몇 시간을 약물에 취해 보낸 그녀의 침실로부터, 그녀가
말한다: 진정한 남자라면 담배 냄새가 나야지, 와인과
여자 냄새도. 그녀는 이 시인처럼 말하고 또 말한다, 너와
나는 계속해서 서로를 눈빛으로 먹었고, 나는 내 안의
너를 느낀다. 미풍, 온통 몹시 섬세한. 거리 여기저기로
날아간 페이지들, 두브로브니크에서 온 여인은
선원이었던 그녀의 죽은 남편을 욕한다, 돌들은 바다로
굴러 들어간다, 전혀 기약도 없이. 그 시인도 깨닫는다,
내가 일어나 강으로 갈 거라는 걸, 그리고 아래를
내려다보며 혼자 중얼거릴 거라는 걸: 나는 아무것도
아냐.

*크로아티아에 있는 도시. (편집 주)

우리의 무언가가 잘못된 게 틀림없다. 나는 마흔다섯인데, 애정을 기울여 생각할 만한 누군가가 없다. 기억들은 아프다. 나는 아름다움이 그토록 아플 수 있다고는 생각도 못했다. 나는 얼굴들을 보면 숨이 턱 막힌다. 어쩌면 내가 극적으로 목숨을 끊거나 에이즈가 나를 덮칠 때일 것이다. 그곳이 센강이든 허드슨강이든, 난 꼼짝 못 한다. 나는 수상한 클럽들에 가고, 사람들은 접촉 없는 대화를 나누거나 밀실의 어둠 속에서 말없이 섹스를 한다. 그가 한 말이라고는 : 우리가 나올 때, 우리는 서로를 모르는 거야. 그렇게 하면 더 나은가? 나는 넘어지지 않으려 내 발을 본다, 나는 거리들을 혼동하고, 여기저기 소규모 그룹의 흑인들과 그들의 위협, 나를 떠미는 드레드 머리, 그것이 나이로비든, 상파울루든, 브롱크스든. 나는 내 물라토* 친구가 어찌나 구제 불능인지 악담을 퍼붓는다, 나 자신, 왜냐하면 여전히 무언가를 원하기 때문이다, 나에게는 뭔가 잘못된 것이 있기 때문이다.

* 백인 흑인 혼혈 인종. (편집 주)

내가 읽은 기사: 쉰 살 먹은 국민 영웅이 그의 스무 살 난
정부와 어딘가로 떠났다. 나는 낙담한 채 신문을 본다.
나라면 어찌 그럴 형편이 되겠는가? 아, 만일 역에서 본
그 위험한 외모의 소년과 떠날 수 있다면. 아니, 가령 내게
돈이 있다면, 내가 고른 누구든 사 버릴 텐데. 내 빌라
전체를 하렘으로 만들 텐데. 혹은 내게 총이 있다면, 그의
목에 겨누고 어두운 숲속으로 끌고 갈 텐데. 아마 나는
그를 죽여야 할지도 모른다. 그러나 누가 알아차릴까?
왠지 내가 신문의 1면을 차지하게 될 것 같지는 않다.
그래서 웬 루저처럼 클럽 앞에서 서성이며, 엄청나게
섹시한 푸에르토리코인을 설득해 보려 애쓴다, 나는 그의
코카인보다 그에게 훨씬 더 관심이 있다고. 그는 코카인에
가격을 매길 줄은 알지만 자신에 대해서는 모른다. 그래서
다시 한번, 나는 혼자 돌아와 이렇게 안도한다, 어디서
내가 그의 입을 막아 버릴 돈을 구할 수 있겠나?

젊은 중국 남자가 내게 *데리다*를 설명한다, 손에 잔을 든 채
그는 몸을 흔든다. 사실, 나는 내내 그를 지켜보며 궁금했다,
그의 젠더가 뭘까 싶어서. 그는 나보다 머리 하나가 작고,
말랐으며, 어느 갱스터 영화에서 복사한 듯한 차림새의
모자를 썼다. 아마 대본을 쓰는 것 같고, 레즈비언이라
해도 통할 것 같다. 그때 그가 내게 걸어왔고 어디서 그런
화제를 찾았는지, 매우 흥분한 투다. 바로 앞 차이나타운의
팔라친카 바. 나는 장면들을 편집한다, 시나리오 작가는
길을 잃고, 다시 한번 얼굴들이 밤의 북적이는 거리를
따라 걷는다. 나에게는 이 모든 게 전에, 영화에서 본 적
있는 것처럼 느껴진다. 이어지는 것은 물론 지나가는
기형아들이다, 지능 발달이 늦고, 마마 자국이 난 얼굴로
땅 위를 기는. 언제나 잘라 내어야 하는 시퀀스들. 나는
나 자신이 바에 앉아 있는 걸 보지만 그 사실을 믿을 수가
없다. 경찰 사이렌, 소방관들, 깃발들, 빠르게 내려가는
마지막 자막들, 끝 그리고 암전.

나는 새로운 메시지가 없나 계속 휴대폰을 확인하는 스스로를 깨닫는다. '네가 보고 싶어.'라는 말을 보려고 읽기 버튼 누르는 걸 나는 어찌나 좋아했던지. 나는 나 자신이 계속해서 과거로 더 깊이 가라앉는 걸 깨닫는다, 과거는 어찌나 나를 뒤로 유혹하는지. 다시 한번 헛간 뒤 건초 속에 누울 수 있도록, 이웃 소년이 처음 그의 손을 내 다리 사이로 가져갔던 그때로. 그 애는 사실 그러는 척했고, 우리 둘 다 그랬다. 그 애는 내 위에 옷을 입은 채 누웠고, 나는 그 체중과 헐떡임을 느꼈다. 얼마나 여러 번 우리는 그 위, 밑에서 돼지들이 끽끽대던 그곳에 끌렸던지. 아니 어쩌면 돼지들은 없었고, 이미 빈 헛간이었을지도 모른다. 내 기억 속에서 그런 것들은 전혀 중요하지 않은 것들이 되어 버렸다. 우리의 사소한 움직임들이 그 모든 것 위로 떠오른 것이다. 여름이었고, 더워서 우리는 땀을 흘렸다. 우리는 셔츠를 벗었고 서로의 바지를 풀었다. 어찌나 우리의 손은 더듬거렸고, 건초는 우리의 피부를 찔러댔던지. 나는 굳이 옛 기억들을 휘젓지 않지만, 그것들은 알아서 줄지어 선다, 생식기들의 냄새. 내가 게이 바로 걸어 들어갈 때면, 모든 것이 생경해 보인다, 이웃 소년도 없고, 건초도 없고, 나를 그리워하는 이도 없다. 시간 내내 나는 실제로 끄기 버튼을 찾았다.

그들은 내가 살아남는데 도움될 만한 그 무엇도 주지 않았다. 뉘우치고, 간청하면, 만회되리라는 어떠한 믿음도, 희망도. 주위에 흩뿌릴 그 어떤 사랑도. 그래서 나는 계속해서 어떤 것을 들이받거나, 관심, 부드러움, 나를 안아 줄 팔을 구걸하지 않았다. 그들은 내게 오래된 전통도, 관습도 주지 않았다, 모든 나날이 비슷하고, 나는 뭔가를 특별하게 기대하지도 않는다. 그들은 내게 페이지 한 장을 넘기는 일에서도 고통을 경험할 능력과 동시에 그걸 감당할 능력을 주었다. 악다문 입으로. 그들은 무례한 엄밀함을 주어 그것이 이따금 폭발하면 내가 고꾸라지는 원인이 된다. 그들은 내게 하나의 세계를 주었다, 그 안에서 휘청대고 있지만 나는 그 세계를 느낄 수 없다. 나는 그저 이렇게 적힌 티셔츠를 입은 한 무리의 사람들을 볼 수 있을 뿐이다. 나는 아무도 아니야. 당신은 누구지?* 우리는 거리에서, 직장에서, 극장에서, 바에서 만난다. 우리는 대화하고, 묻고, 대답한다. 그리고 그건 상처를 준다. 하지만 우린 더 나은 어떤 것을 모른다.

* 에밀리 디킨슨의 *시구이기도 하다.*

여기 축소판 상파울루는 스스로에게 붙들렸다. 가득 찬
열기와 견딜 수 없는 인간의 악취는 내게 확신을 준다,
네 개 벽 사이에 남아 절망에 굴복하는 편이 근사할
거라고. 만일 내가 여전히 몇몇 지인들과 외출을 한대도,
대화의 주제는 우리 어디서 먹을까이다. 나는 분명
내 고향을 떠나며 실수를 한 셈인데, 거기서는 주된
질문이 항상 이것이다. 어디서 무슨 술을 마실까? 솔직히,
질문할 일도 없다. 먹을 것과 마실 것에 대한 고통스러운
집착으로부터 나는 섹스나 혹은 그런 어떤 것에
대한 집착으로 후퇴했는데, 그걸 뭐라 부를지 확신이
안 드는 건 그 모든 게 점점 추상적으로 변하고 있기
때문이다. 아주 나쁘게 변하지는 않아, 나는 인터넷에서
재미로 몇 시간씩 보내곤 하지만, 혼란스러운 건, 내가
사람들을 뚜렷한 이유 없이 응시하기 때문이다. 아마
그건 그들을 성가시게 하진 않을 것이다, 하지만 나에게는
성가시고, 나는 이 버릇이 중독되어 가는 걸 느낀다.
아름다운 몸과 얼굴들, 피부를 관찰하는 1회분, 나는 매일
그 복용량을 늘려야 하고, 파편들이 꿈에 나타나, 자주
땀에 젖어 잠을 깬다, 나는 거리를 구경하는 것에 홀렸고,
웬일인지 더 이상 대처할 수 없다. 아마 난 멈춰야 할
것이다, 이 행동을 포기할 어떤 강력한 의지의 힘을 써서,
아마 나는 내가 중독되었다는 걸 인정해야 할 것이다,
어느 자조 그룹에 가입하든가, 침대에서 이 환상들을
몰아내야 할 것이다, 미지의 몸들과 땀, 악취, 멍청한
말들, 공허함과 함께.

모르겠다, 어쩌다 이 차에 탔던 것인지. 나는 다시 밖으로
나갔고, 그건 많이 기억나는데, 밤새 약에 취했고, 그러다
이 남자가 오더니 그저, 가려고 하지 않았다. 어찌어찌해
그가 나를 차로 데려갔을 때, 나는 그의 손길을 느꼈다.
그는 꿈속에서처럼 차를 몰았고, 느리고, 불안한 게,
영원한 시간이 걸릴 것 같았다. 아마 벌써 새로운 하루가
시작되었던 것 같다. 거리들은 사막처럼 텅 비었고, 셀 수
없이 많았다. 그리고 마치 모든 게 잠시 끊어졌던 것처럼,
나는 침대에서 정신이 들었다. 그가 내 옷을 벗기더니
내 위로 올라온다. 그는 날 불쾌하게 하지만, 내 손은 여전히
더듬고 있다. 나는 그의 입을 피한다. 발작을 일으키듯,
우리는 아플 때까지 끌어안는다. 그가 내게 마실 것을
주고 나는 천천히 정신이 든다. 그가 등을 대고 눕자, 나는
그의 허벅지 위에 앉는다. 베개 밑에서 그가 커다란 딜도를
끄집어내어 내게 건넨다. 그러고는 기대감으로 입술을
깨문다. 그는 다리를 들어 올리며 내가 그걸 자기에게
써 보도록 권한다. 근육을 씰룩거리며, 그가 비명을 지르고,
나는 그의 입을 막아 보려 하지만, 그가 좋아하는 건
분명하다. 꽤나 시간이 걸린다. 그가 자세를 바꾸어, 나는
벽을 보는데, 모든 게 핑핑 돈다. 나의 취기가 좀 가시자,
우리의 동작들도 한결 느려진다. 마침내, 우리는 주저앉아
조용해진다, 감히 서로를 쳐다보지 못하는 것처럼 보일
때까지. 그 장면에서 나는 계단을 걸어 내려와, 그 텅 빈
거리들의 미로에서 넋을 잃는데, 난 이 이야기에서 어떻게
길을 찾을지 모른다.

오직 너로부터 수천 킬로 떨어져 있을 때만 나는 감히
나 자신이 사랑에 빠졌다는 걸 인정한다, 너의 정액과
그것이 가져왔던 죽음과. 나는 지켜보았다, 네 배 위로
쏟아져 나온 것을, 그리고 내 얼굴을 거기에 담갔다.
그 냄새, 그건 죽음의 냄새가 되었고, 나에게 끝없는
오르가슴을 유발했다. 마치 내가 너를 내 자기 파괴를
위해 이용하고 있던 것처럼. 너 역시 그걸 안다, 그저
다른 방식으로. 나는 너의 정액으로부터 수천 개
단어를 끄집어내어 음률을 부여했고, 그게 나를 삶의
끄트머리에 붙들어 두었다. 나에게는 내가 무가치한 듯
보였고, 너 역시 나를 떠나갈 것처럼 보였다. 나는
내 옆에 서는 것을 가치롭게 여기지 않던 내 아버지를
떨쳐낼 수가 없다, 그게 네가 수천 번을 떠나도 특별한
일이라 생각하지 않던 이유이다. 매번 네 배 가장자리로
돌아올 때마다 나는 젖은 뺨으로 거기 누워 네가 일어나
한 번 더 떠나기를 기다렸다.

나는 고층 건물에 올라가는 걸 좋아하지 않는다. 먼 곳을
보는 한 괜찮지만, 흘끗 밑을 보기라도 하면, 끔찍한 인력을
느낀다. 나를 절벽 근처에 두지 말라, 분명히 떨어질 테니.
내가 겁내는 것은 그것이다: 나는 사라지는 게 두렵다.
죽음을 상상하면, 나는 견딜 수 없는 소용돌이에 빠져들고,
그것은 내 목구멍을 조여 오며 숨을 앗아간다. 너와 있으며,
나는 죽음에 익숙해지기를 바랐다, 죽음을 길들일 수 있게
되기를. 섹스 도중 네가 내 목을 조를 때는 두려움이 없었다.
나는 여전히 너를 볼 수 있었고, 사라지지도 않았다. 내가
내 목을 쥐던 다른 손길들에 공포를 느꼈다는 것은 얼마나
특이한 일인지. 조금씩 밀리미터 단위로 너는 밧줄을 조이곤
했다. 그럴 때는 더 이상 말을 할 수 없다. 아마 너는 나를
단단히 조여 경계 너머로 보냈어야 했는지 모른다. 아마
나는 어떤 식으로든 자살할 용기를 끌어모아야 했는지도
모른다. 그것이 내게 평화를 가져왔을지도. 나를 무(無)로
옮겨 주었을지도.

진정 우리의 것이었던 여행은 런던이나 뉴욕, 도쿄나 상파울루가 아니었다. 그 도시들은 충분히 거칠지 않았다. 우리가 흑인들 틈에서 다녀야 했을 때, 내내 겁을 먹었고, 그래서 긴장감이 있었다. 거대한 바퀴벌레들, 죽은 들소의 피, 그 고기를 찢는 사자들의 턱. 나이로비에서 정전이 될 때면, 우리는 겨우 우리의 다 쓰러져 가는 방으로 몰래 도망쳤다. 원래 그렇게 해야 했던 것이다. 그렇게 해야 우리에게는 서로만이 있고, 그렇게 해야 우리는 겁에 질린 원숭이들처럼 서로에게 매달렸다. 나는 우리가 섹스를 위한 충분한 기운을 끌어모을 수 있었는지조차 기억나지 않는다. 그러나 여전히, 그 모든 건 섹스였다. 탄생과 죽음. 본드에 취해 공격적으로 거리를 떠돌던 아이들, 쓰레기 더미 위에 누운 지친 몸뚱이들, 그들이 살아 있는지 아닌지는 확신이 안 들었다. 온갖 종류의 군인들과 황무지 한복판 진흙에 빠져 멈춰 버린 버스들, 바다에 떠오르던 태양, 담배를 피우는 여성들이 나오던, 먼 외곽에서 본 영화, 사람을 현기증 나게 하는 끝없는 지평선. 거기에 머무는 편이 나았는지도 모른다. 텐트 속, 완전한 어둠 속에, 네가 내 몸을 누르고 그동안 지붕 위에서는 동물들이 장난을 치던 그때.

그는 구석 의자 위에 수그린 채 앉아, 리듬, 오프 비트에
맞춰 가볍게 머리를 흔든다. 그는 천장을 향해 고개를 들고
다시 한번 팔을 내 쪽으로 신비하게 뻗은 다음, 다시 떨군다.
움직이는 몸들이 그를 나로부터 감추고, 뒤이어 누군가 나를
더 가까이로 떠민다, 그렇게 해서 갑자기 그가 내 앞에,
내 밑에 있게 되고, 올려다보며 내 팔을 붙든다, 마치 물에
빠진 것처럼. 나는 거의 쓰러져, 그의 무릎 위에 앉게 되고,
그는 내 머리를 잡고 자기 쪽으로 당겨 내 입을 빨 수 있게
된다. 아프다. 그는 멈추지 않는다. 그는 내게 미치광이처럼
들러붙고, 그러더니 갑자기 모든 걸 놓아준다, 머리를 뒤로
흔들며 나를 놓아준다. 조금 뒤 그는 돌아와, 일어나려
한다, 마치 내게 무언가를 말하고 싶은 듯 입을 움직이지만
아무 목소리도, 그저 혀만, 장밋빛으로, 나는 그의 입술을
핥고 쉿 소리를 낸다. 일어서서, 그를 일으켜 세우자 그는
현기증에 비틀대며, 거의 넘어진다, 그가 내 팔을 잡고
어딘가 바깥으로 이끈다. 나는 시간이 얼마나 흘렀는지 거의
모른다, 우리가 갑자기 차로 와 그가 나의 옷을 벗기기까지.
내 위의 그를 본다, 완전한 알몸으로, 그는 그저 입이다,
내 살을 삼키는 혀와 이빨. 그는 횡설수설 속삭이고, 눈을
굴리고, 깜빡 졸다가, 조용해지고, 그다음 다시 살아나,
사방에 있고, 내게 사정한다. 그다음 마치 잠에 빠져 버린 듯,
내 무릎에 눕는다. 내 손가락들이 그의 젖은 머리칼을
빗겨 준다. 오, 젠장, 내가 그에게 한 방 더 놔 준다면,
그가 죽을까? 굉장한 경험이겠지, 내 무릎 위에서! 혹은 더
나쁘게, 내 치명적 키스를! 그에게 갑자기 약효가 나타나고,
내가 그 미끈하고 까무잡잡한 피부를 손가락으로 훑고
지나가면, 피부는 점점 차갑게 변하겠지. 얼마나 걸릴까,
얼마나 시간이 걸릴까?

그는 책방 서가 뒤에서 내게 미소를 지었다, 이가
반짝였다. 물론, 내 생각에, 지식인을 사냥하는 또 한 명.
나는 b칸을 계속 검색하고, 그는 이미 반대쪽, 아마 m칸에,
누가 알겠나. 꼭 어느 영화에서처럼, 나는 혼잣말을 하고,
그는 멈추지 않고, 여기저기 미끄러져 다니기를 계속한다,
내 바로 옆에 올 때까지: 실례합니다, 그는 달콤한 몸으로
나를 스치고, 뭔가 다른 말도 하지만 난 이해하지 못한다.
내 심장은 처음 뛰듯 쿵쾅대고, 실수로, 그건 그가 정확히
필요로 하는 책이라, 전문가다운 솜씨로 내 팔을 잡는다.
그가 이겼고, 난 나에게 섹스를 위한 돈이 없다는 걸
그가 이해해 주길 바라지만, 그는 들으려 하지 않고,
나를 집으로 초대한다. 나는 서투르게 궁색한 변명들을
한다, 결국 그가 내게 무언가를 할지 모른다며. 하지만
다 틀렸다, 그의 피부는 너무나 유혹적이고, 나중에
그가 알몸으로 나를 지나쳐 터벅터벅 걸어갈 때 나는
믿기지가 않는다. 나는 멈춘다 — 천천히, 머뭇거리면서,
적는다, 어떻게 그가 내 젖꼭지를 물고, 그다음 더 밑으로
내려가는지… 그의 입에 든 내 성기까지. 그는 그의 장밋빛
혀를 그 둘레로 미끄러뜨리다, 자기 엉덩이에 찔러 넣고,
내 위에서 흔들기 시작한다. 부끄럽지만, 나는 계속한다…
그리고 쓴다. 이제 그가 내 성기를 꺼내고는 다시 밑으로
내려가며 나를 삼킨다, 그의 혀가 내 갈라진 곳으로
밀고 들어올 때까지, 그리고 욱신거리는 근육들로 그는
안다, 나와 섹스해야 한다는 걸, 그는 천천히 시작해,
계속 빨라진다, 절정에 이르기까지, 내가 땀에 젖은
검은 근육들을, 내 삶이 거기에 달린 듯 움켜쥘 때까지.
나는 인정하는 게 두렵지 않다, 나중에, 그가 잘 때, 내가
그 부엌에 걸어 들어간 사람이었고, 그곳 벽에는 칼들이
있었고, 그를 살해하는 것이 최선일지 모른다 생각했다고.
그와 함께 머무는 것은 너무 고통스러울 거라고.
이런 식으로 나는 좀 더 쉽게 옷을 입고 떠났다.

표범이 된 꿈을 꾼다. 두툼하고 검은 털가죽과 형형한
눈을 지닌. 나는 너의 뒤에서 걷는다. 너는 돌아보고 굳이
너의 속도를 높이거나 늦추거나 멈추지 않는다. 많은
것들이 나를 방해한다, 넓은 대로와 고층 건물들, 붉게
달아오른 아스팔트, 낮은 집들과 놀란 개들, 옆으로 펄쩍
뛰는 사람들이 나를 방해한다. 너는 피곤해져서, 카페
앞에 앉는다. 나는 네 발치에 눕는다. 너는 기다린다.
아무도 네 주문을 받지 않는다. 그들은 멀리서 지켜보며
그것이 퍼포먼스라고, 연극이라고 생각한다, 어쩌면
누군가 박수를 치는 듯하지만, 여전히 그들은 자신들의
거리를 유지한다. 저녁이 되고, 피곤해져, 우리는 집으로
돌아온다. 너는 아무에게도 말을 하지 않고, 아무도 너에게
먹을 것과 마실 것을 주지 않는다. 그들은 두려움을 갖고
너를 지켜본다. 나는 일어서서 문을 연다. 너는 탈출할 수
없다. 너는 누워서 죽으려고 한다. 난 나의 이빨로, 너의
옷을 찢고, 네가 몸을 떠는 동안 너를 혀로 핥고, 소리를
듣는다. 사이렌 소리와 문가의 견딜 수 없는 소음들, 메가폰
너머 인간의 비명들, 최루 가스 탄약통의 휘 소리와 연기가
피어오르는 소리를, 나는 너에게 더 바짝 붙어 보호하려고
너를 감싼다. 그리고 총소리들을 듣는다, 총소리들을.

바 위에서 펄쩍펄쩍 뛰며 옷을 벗는 남자들. 완벽히
다듬어진 몸들, 그을린 피부, 근육들. 그리고 다시, 비명을
지르고 엉덩이를 흔드는 이들, 너의 엉덩이를 찰싹 치고,
다시 튀어 오르고, 이를 드러내며, 미소로 일그러진 입들.
무대 위로 날아가기 전에, 그들의 성기에 주삿바늘을 꽂는
댄서들, 그렇게 해서 군중들이 잠시 동안 말을 잃었다가
다시 빛과 땀의 소용돌이로 펼쳐지라고. 내 침대는 건강
진단실이 아니야, 나는 혼자 중얼거린다. 정리하고 싶다,
포옹과 키스들, 그 위에 높게 쌓아 온 짐들을. 어제는
동네에 와 스스로 상처를 낸 깡마른 소년의 다친 부위를
붕대로 감싸 주었다. 지금 그는 여기저기 드러누워,
뻔뻔하게도 그의 묘기들에 대해 계속 떠든다. 만일 내가
그만하라고 하면 그는 이해할까? 그들은 자주 들른다,
자신의 취약한 점과 피부 변화와 휴대폰, 퍼지고 사라지는
바이러스에 대해 논쟁하곤 하던 이들. 혹은 약이 필요해
덜덜 떨며, 섹스에 대해서는 완전히 잊어버리고, 완전히
성불구가 된 이들. 이렇게 말하면 터무니없을 것이다,
사람들은 한때 사랑을 알았고, 현관에 조용히 앉아 서로의
눈을 들여다보거나, 지는 해를 보거나 다가오는 폭풍
구름들을 봤다고. 이따금, 그들은 책을 펼치고 오래된
글들을 읽었을지도 모른다. 나는 처방전을 본다, 나로
하여금 휴지통에 버리도록 이미 작성되고, 이미 서명된.
낮은 무척이나 우울하다. 일요일이다. 옆방에서 방금
춤추다 돌아온 이들의 소리가 들린다. 나는 문을 잠그고
블라인드를 내린다.

너도 들리니, 데이브, 바깥의 저 소음 말이야. 아마 강도겠지.
아니면 폭탄. 자 자, 일어나 봐, 데이브, 어쩌면 또 전쟁이
터져 우리는 다시 지하실로 가야 할지 몰라. 너는 이런
일에 대해서는 전혀 모르지. 얼마나 많은 시간, 날들을
어둠 속에서 보내야 하는지를. 아니면 그냥 불이 난 건가?
이웃 사람이 침대 밖으로 떨어졌나? 뭐든 가능하겠군. 너는
계속 자네, 아무런 대꾸도 안 하고. 일어나 봐, 데이브,
그래야 세상의 종말이 올 때 난 혼자가 아닐 거야. 너는
한 더미의 고기야, 데이브, 모두와 함께 둘둘 말린 고기.
아무것도 네게 와 닿지 않아. 너는 네가 죽어 살이 썩기
시작한다고 해도 알아차리지 못할 거야. 지하실에서는 정말
무시무시할 거고 나는 너를 개들에게 던져 줘야 할 거야.
그러면 모든 나이트클럽들이 너로부터 안전해지겠지.
데이브, 아무 말도 안 하네. 내 말 듣고 있니, 듣기는 하는
거야? 또 다른 소음. 내 생각에, 전쟁이 있지는 않을 거야.
아마 그냥 우리의 세상이 한밤중에 산산조각 나 무너져
내리는 소리겠지, 괜찮은 사람들이 잠든 동안, 데이브,
너처럼, 그리고 나는 소음들을 엿들으며 걱정하고 있어.

내 쓸모없음에 대한, 우울한 몽상에 빠져 버렸다.
그러나 여전히, 나는 탁자나 의자도 아니고 세탁기도
아니라고, 혼자 중얼거렸다. 비록 가끔은 그런 것들이
되고 싶어 하는 것처럼 보이지만. 이를테면 내가
조용히 빨래를 돌리고, 그걸 믿음직하게 돌리면 모두들
만족할 것이다. 아니면 길가의 저 휴지통, 얼마나 많은
쓰레기가 그 안으로 던져질까. 얼마나 많은 사람이
그걸 알아차릴까! 자주 반복적으로, 나는 쓸모없는
사람들의 전시에 참여했다. 나는 그들을 지켜보고,
그들을 읽고, 모든 각도에서 그들에게 점수를 매겼다.
이 사람 혹은 저 사람이 나에게 맞는 사람일 거야, 라고
웅얼거리며, 비록 내가 그를 어디에 쓸지는 명확하진
않았지만. 그게 내가 조용히 있는 걸 선호하며 다가가지
않았던 이유이다. 하지만 더 나쁜 것은 마치 내가 정말
쓸모없다는 듯 아무도 내게 다가오지 않았다는 점이다.
우리는 왔다가 떠난다, 항상 외롭다, 혹은 항상 더
외롭다. 이따금 나는 오랜 지인을 만나곤 했다, 나는 그를
부러워했는데, 그가 영유해 온 삶은 완전히 달랐고, 더
충만했다고 혼자 생각했기 때문이다. 나는 그를 바라보고,
놀랐지만 그는 그저 손을 내저으며 슬프게 쉿 했다:
유효 기간이 지났다고. 그래서 그는 자신의 쓸모없음에
의문을 던지며 다시 여기 있었다. 그런 흐릿한 상태로
나는 시내의 수족관으로 떠났다. 나는 내 코를 유리에
갖다 대고 물고기가 앞뒤로 헤엄치는 것을 지켜보았다.
아주 고요했다. 확실히 물고기들은 세탁기가 되길
바란 적이 없었다. 너는 정말이지 멍청한 피조물이야,
라고 나는 스스로에게 되뇌었다.

하루가 점점 끝에 가까워지면, 나는 더 외롭다고 느꼈다.
마치 빛이란 크고 넓은 세상을 위해, 위대한 자기만족적
움직임들을 위해 의도된 것인 듯. 실제로 나는 누군가와
늘 저녁에, 혹은 밤에 어울리게 되었다, 어둠 속에서. 마치
혼자 잠드는 게 두려웠던 것처럼. 하지만 잠들 때만 그렇다:
나는 다른 때 누군가가 필요하지는 않다. 그 누군가는
날 방해하고, 밀고, 이불을 훔쳐 가고, 깨울지도 모른다.
수도 없이 나는 어떤 커다란 욕구 때문에, 불가해한 욕망
때문에 남자애 한 명을 집에 데려오곤 했다, 내 곁에 두려고,
때로는 내 취향에 맞는 면이 없는데도, 그런 다음 그와
뭘 해야 할지를 몰랐다. 어떻게 하면 그를 쫓아낼까, 혹은
그가 잠들어 모든 게 조용해지기를 걱정스레 기다리곤
했다. 물론 무시무시한 아침이 여전히 기다렸다, 특히
전날 취했고, 아침에 멀쩡할 때면. 아마도 나는 그 사실을
마주해야 할 것이다, 내 장기간의 사랑들, 내가 그것들을
그렇게 부를 수 있다면, 그 사랑들조차 이것에, 이 저녁과
밤들에 묶여 있었다는 사실을. 그렇다면 그 사랑들도 정확히
같은 동기들을 가졌던가? 그래서 세상을 떠나 집으로
돌아왔던 걸까. 평범하지 않은 생각. 그리고 나는 그런
극도의 몰입을 상상했다, 아주 진한 느낌들, 독특하고 일생에
단 한 번뿐인 사랑, 에로틱한 끌림, 헌신. 나중에는 항상
드러났다, 위에 언급한 모든 것들을 쉽게 다른 누군가에게로
옮기는 게 가능하다는 것이. 그리고 다시 저녁들이 남았다,
다시 찾아보는 일에 믿을 수 없을 정도로 빠졌던 저녁들이.
그렇게 느낀 저녁들도 있었다, 모든 게 속임수이고 탈출구는
없다고.

나는 시 낭독회에 가는 중이고 닫힌 문 앞에 섰다.
웬 일본인인지, 아무튼 그런 사내가 내게 설명해 주길,
두 시간 뒤에 열릴 거란다. 마치 스케줄이 빈 게 지극히
평범한 일이라는 듯. 나에겐 근처 게이 동네에 가는 것
말고는 다른 선택지가 없다. 가는 길에 어느 나이 들어
가는 청년이 운영하는 조잡한 옷 가게에서, 기념 티셔츠
같은 옷을 한 벌 산다, 누가 입을지는 모르겠지만. 그래도
나는 내 의무를 다한다. 그에게 몇 살인지 묻고 싶지만,
현명하게 자제한다. 뒤이어 라틴 파티를 열겠다던 바를
찾는다. 창문으로 보니 나이 들어 가는 단골손님들이
보이고, 소리도, 파티의 기미도 없다. 결국 나는 힘겹게
다른 바로 간다, 아마도 카바레 퍼포먼스가 열리는
듯한. 얼마나 근사한지. 나는 손님들을 구경하고, 셔츠를
벗은 채 근육을 드러내는 바 맨은 더 유심히 본다. 칵테일
몇 잔을 마시고 두 차례 담배를 피우러 길에 나갔다
오고, 그의 젖꼭지를 쳐다본다. 그렇다, 나는 가슴과
얼굴을 취할 것이다, 아마도 약간 이탈리아계일, 확실히
손은 아니고. 그는 마치 연기를 하는 것처럼, 옆에 있는
사내와 그의 휴가나 뭐 그런 주제에 대해 이야기한다.
머리가 어지럽다, 카바레 쇼도 없고 더 이상 시에도
끌리지 않아, 나는 지하철로 달려간다. 좋은 점은 많이
정차하지 않는다는 것. 나는 승객들을 지켜본다, 언제나
낯선 얼굴들이 뒤섞인. 맞은편에는 유리에 비친 나. 맞다,
주름들, 아마 수술을 받아야 할지도 모르겠다. 저런 것도
시인에게는 어울릴까? 마침내 숙소에 도착, 귀에 쏙
들어오는 이름의 어느 거리에 있다: 맨해튼 애비뉴.
이곳에선 모든 이름이 눈에 띈다, 꼭 아프리카에서처럼,
거기서는 호텔 엑셀시오르*가 나무 오두막이고, 뉴욕
바는 땡볕에 큼직한 고깃덩어리들이 걸린 채 파리 떼가

** excelsior. (상자 속에 포장용으로 넣는) 대팻밥. 옛 유럽의 몇몇 고급 호텔들이 쓰던 이름. 라틴어로 '더 높다'는 뜻.*

날아다니는 푸줏간 옆 매대이다. 맞다, 이웃인 그레고르가
또 한 번 자기 빨래를 걸어 두었다, 늘 그랬듯, 복도에 있는
난간 위에. 빨래에서는 냄새가 나는데, 신선한 공기에서
말릴 수 없기 때문이다. 나는 배고픔에 압도되어, 기름진
소시지들을 삼키고, 그렇게 또 한 번 몸무게를 약간 늘릴 수
있다. 라디오에서는 어떤 여자가 자기가 얼마나 놀랐는지를
두고 비명을 지른다, 얼마나 기회인지, 일생에 한 번
있는, 그리고 이런 일이 하루에도 백 번씩 있는 것은 그런
기회들은 절대 놓쳐서는 안 되기 때문이다. 대양의 반대편은
뜨겁다. 집에 돌아오니 벌써 아침이고, 너는 분명 다른
누군가의 품속에 있다. 평소처럼. 자동응답기에는 귀찮게 할
메시지들도 없다. 개조차도 내 생각을 하고 있을 리 없다,
왜냐하면 기억이란 개의 본성에 없기에. 그리하여 시의
저녁은 산산조각이 났다, 시는 한 편도 쓰지 못했고, 그저
우리가 어쩌면 미숙하다 부를지 모를 시시한 산문만 썼다,
위대한 문학으로 분류하긴 어려운, 그러나 어찌 가능하겠나,
계속 경찰 사이렌들이 고양이처럼 비명 소리를 내고
아나운서들이 중얼거리며 방해하는데, 모래에 물 붓기다.

나는 주변 사람들의 말에 귀를 기울이며 응시한다. 그들은
할 말이 무척 많고, 능숙한 데다 달변이고, 현명하다.
찢어진 바지를 입은 사람은 동네의 수도 공급과 관련한
문제에 대해 계속 얘기하고, 내 옆의 통통한 아가씨는
아프리카에서의 지속적인 착취에 대해, 세 번째 사람은
한창 상영 중인 내가 모르는 영화의, 내가 누군지도
모르는 배우의 새 배역에 대해 자세히 얘기하고 있다.
나는 그 영화를 본 적이 없고, 그 말은, 내가 할 수 있는
거라고는 부끄러움에 빠져드는 것뿐이란 얘기이다.
내 옆에 앉은 지인이 갑자기 요청한다, 중동 위기에 대한
내 견해가 뭔지를 알려 달라고. 나는 망연자실해진다.
다만, 나는 추측할 수 있다, 그가 대화를 원하는 거라고.
굉장히 어려워하며, 나는 몇 문장을 웅얼거리고 그의
분위기를 망친다. 입장과 관점을 눈부시게 교환하는
일에 참여하는 대신, 나는 멍청하게 응시한다, 그가 내게
질문을 그만해 주길 바라면서. 나는 광고란을 찾아보려고
잡지 한 권을 펼친다. 마치 가장 시급한 일인 것처럼.
무척 외롭다는 광고를 낼 수도 있겠다고 혼자 중얼거린다,
비록 곧바로 그러면 어떻게 될지, 무엇을 위한 것일지
걱정이 되지만. 나는 내가 채워야 할 양식을 훑어보고,
즉시 닭살이 돋는다. 가장 좋아하는 영화, 가장 좋아하는
책, 무인도에 가져갈 다섯 가지, 어떤 종류의 파트너를
좋아하는지, 그리고, 아 젠장, 내가 왜 만날 가치가
있는 사람이어야 할까, 나는 어떻게 대답해야 할지
모른다. 그중 어느 것에도, 마치 한 번도 그것에 대해,
혹은 그 무엇에 대해서 생각해 본 적 없는 것처럼. 가장
좋아하는 음식, 가장 좋아하는 술. 누구도 내게 이런
것들을 물어본 적 없었다. 전혀. 나는 당황한 채, 완전히
무능해진 채, 잡지를 덮는다. 슬픈 표정으로, 나는 내 옆
지인을 쳐다본다, 어찌나 지루해하던지, 그가 어서
떠나길, 아무도 내게 그 무엇도 기대하지 않기를 바란다.
어디서 그런 생각을 하게 되었는지 모르겠다. 나는 조용히

있도록 교육받았다고. 내 주위의 모든 이들, 특히 할아버지는
내내 일만 했고, 말은 거의 입 밖에 내지 않았으며, 정말이지
필요할 때만 했다. 누군가 뭐에 대해 토론했던 기억이 없다,
최소한 내 앞에서는. 그리고 아무도 내게 가장 좋아하는
음식을 물어본 적 없었다. 혹은 내가 뭘 원하는지. 심지어
우리가 껴안았을 때 이웃 소년과 나조차 조용했다.

어둠 속에서는 두 눈만 빛나고 나는 억누를 수 없이
끌린다. 마치 서두르듯, 내 손은 그 몸과 피부, 벨트
아래를 살피고, 나는 내 입으로 그의 뿌루퉁하고, 나를
완전히 채우는 입술을 먹어 치운다. 크리스토퍼가에서든
메텔코바에서든, 그는 어디론가 사라지고, 나는 결국
땀에 젖은 몸들 속에서 빠져나오다 우연히 어느 추잡한
놈의 손을 어루만지는 그와 마주친다. 마치 내 친구는
몇 가지 문제가 좀 있어, 라고 말하는 것처럼. 이봐, 망할
흑인 녀석, 슬로베니아 놈, 프랑스 놈, 보스니아 놈, 꺼져,
너희 불알이나 단속들 잘 하시지! 혹은 그가 다른 사내와
걸어가며, 마치 그게 아무 일도 아니라는 듯, 혹은 내가
아무것도 아니라는 듯 행동할 때면 그가 제정신이라고
말하기 힘들다. 하루하루 몇 해가 지나간다, 의미 없는
말들로 가득 찬 채. 나는 시청에서 다른 정치인을 쏴 버린
어느 정치인에 대한 글을 읽는다. 이제 그들은 둘 다
죽었다. 정신 나간 이야기는 계속되고, 완벽한 몸을 지닌
잘생긴 살인마의 벗은 사진들이 떠오른다, 그가 아직 바를
자주 드나들며, 화장실에서 섹스를 하고 아마도, 너처럼,
무수한 댄서들 속에서 몇 시간째 길을 잃던 시점의.
내가 평정을 유지하고 너를 죽이지 않은 건 잘한 일이다.
그랬으면 온갖 신문에 나고 아마 내 책의 판매고도
높아졌을지 모른다. 그 책들 속에서, 나는 너를 천천히
죽였다, 한 조각 한 조각, 그리고 다른 이들도, 내 안에
있는 연쇄 살인마의 무수한 희생자들을.

나는 이 모든 날씬한 소년들을 지켜본다, 구석마다
포즈를 취한, 중국인, 아랍인, 흑인, 라틴계, 보스니아인,
성기를 움켜쥔 동안 그들은 어떻게 웃고, 침을 뱉을까.
나는 내 눈으로 그들의 옷을 벗긴다: 그들의 가슴, 그들의
판판한 배, 까무잡잡한 근육들, 그들 몸의 앞과 뒤. 그들은
어떻게 공에 달려들고, 어떤 열기에 셔츠를 벗을까, 땀방울이
번뜩일 때까지, 어떻게 여자애들에게 휘파람을 불까, 그리고
상상해 본다, 내가 그들을 지켜보는 걸 안다면 어떻게 나를
뒤쫓을지. 그들의 눈은 호기심에 찬 듯 세계로 도약하고,
최악의 시선은 내게 던질 게 명확하다, 나는 그들을 편안히
관찰할 수 있다, 왜냐 도대체 그들이 내 침실에서 뭘 할 수
있겠나, 모든 것이 가지런한 곳, 경찰이 있는지 내다볼
일도 없고, 싸움으로 흥분할 일도 없고, 총격으로부터 달아날
일도 없는. 그들은 대체 친구들에게 무슨 이야기를 하고,
뭐에 대해 자랑을 할까, 그들, 글래머, 옆 블록의 영웅들에게
뭘 빌려줄까. 나는 근육들이 전시된 체육관에서 순조로움을
발견한다. 혹은 술집이나 해변에서도, 수천 명 게이 남성들이
시간에 맞춰 경쟁하는 곳들. 하지만 그들이 내 침대에서는
어떻게 훈련하고, 어떻게 경쟁할까, 시간이 멈추었을 때,
어떻게 그들은 작은 키스들을 이해하고, 침묵이나 속삭임을
즐길까. 미지의 무언가가 그들을 놀라게 할지 모른다,
네가 그랬듯, 너는 미소를 지으며, 자랑스레 문으로 걸어
들어온 다음, 점점 더 작아졌다, 아침의 안개 속으로 사라져
버릴 때까지.

너는 모든 걸 놓치는 거야, 리틀 지미. 봐 봐, 저기 수천 개
몸들이 너를 기다리고 있잖아. 테크노 음악은 모든 걸
꿈틀대게 하고, 긴장된 근육들과 단단한 젖꼭지들,
문신한 피부, 조각조각 너를 갈구하며 권하는 손길,
뭘 기다리는 거야? 밀실에는 포퍼* 냄새를 풍기는 미로들,
땀, 벽, 그들의 빳빳한 성기들이 기다리고 있고,
꽉 끼는 항문을 지녔는지 알아보려고 시험하며 너를
찌를 때 너는 무리 속 한 명이 되지. 네가 윤활제
위를 미끄러질 때 머리는 보드카와 맥주, 코카인으로
뜨겁고 네가 어딜 디디든 알게 뭐야, 혀들이 네 입으로,
겨드랑이와 배꼽, 항문으로 꽂히는 걸. 리틀 지미, 그냥
다리를 벌리면 수천 개 성기들이 너를 가득 채울 거야,
모든 것이 황홀하고, 누가 너에게 '남자 친구 있어요?'라고
물으면 바보처럼 보일걸, 왜냐하면 여기는 단백질을
마시고, 얼굴들에 뿌리고, 사람들이 더 깊은 어둠 속에서
밧줄에 묶이는 곳이니까, 신음하고, 무릎을 꿇고 부츠를
핥으려고. 여기는 네가 그리워했고 그것 없이 살 수
있다고 생각했던 모든 것이 있는 곳이야. 리틀 지미, 지금
어디로 가 버린 거야, 왜 이 축복에 몸을 맡기지 않지,
왜 도망치는 거야. 모두가 너에게 기쁨, 행복을 주고
있는데.

액체 상태로 흡입하는 환각제.

네가 왜 마음에 떠올랐는지 모르겠어. 내가 처음 키스했던 사람, 비록 너는 뭔가 알아차리기에는 너무 취했지만. 부드럽게 네 등을 쓰다듬을 때 나는 견딜 수 없는 고통과 행복을 느꼈어, 그저 널 만지고 네 시선을 느끼기를 갈망하면서. 너와의 섹스에 대해 생각해 본 적 있는지는 모르겠어. 절대 상상한 적은 없거든. 모든 건 네가 날 네 자전거에 태우고 한 바퀴 돌고 싶어 했을 때 시작되었지. 너의 여자 친구가 되고 싶다고 혼자 생각했어, 나는 어떤 차이도 몰랐거든. 너는 나를 보살펴 줬고, 응석을 받아 줬고, 우리가 저녁마다 단둘이 손을 잡고 얼굴 붉히기를 바랐지. 그런 뒤 모든 게 반전되었어. 보라고, 네가 이 감정들을 좋아하지 않아서, 너는 뚱뚱하고 지루한 남자가 되었잖아. 네가 만일 나를 기억한 적 있다면, 넌 속이 쓰렸겠지. 그리고 고마워, 안 그랬으면 나는 빨래가 끝나길 기다리며 세탁소에 앉아 있지 않았을 테니까. 밖에는 비가 오고 있고, 몇몇 중국인들이 주위를 뛰어다니고, 기계들은 웅웅거리고 있어. 나는 *킬리언**의 시를 읽으며, 세월이 밀치고 지나간다는 걸 깨닫지 못해. 이따금 나는 되돌아가려고 애를 써, 마치 그게 가능하기라도 한 것처럼, 그리고 한 십 대 소년을 발견하지, 내게 자전거를 태워 주는 것과 내 손을 잡는 걸 좋아했던.

** Kevin Killian (1952~2019). 미국의 시인, 소설가, 극작가.*

정말 그런 생각이 든다, 내가 그들에게 합류하게 될 것
같은, 공항에서 글을 쓰고, 비행기나 기차에서도 쓰며,
끊임없이 자신의 생각이 아닌 말을 쫓는 사람들.
혼돈에 찬 세상은 사방에서 쏟아져 들어오고, 그 위 높은
곳에서라면, 이 페이지들도 몇 시간쯤은 세상과 거리를
둘 수 있을지도. 한 젊은 여성이 내 옆에 앉고, 나는
신경이 쓰인다, 그녀가 대화를 원할지 모른다는 느낌에.
왜 이렇게 위협적인 느낌이지? 세계의 관찰자니까. 우선
그녀는 시편들을 읽는다, 약간은 영어로, 좀 더 진지하게
히브리어로. 그다음 코스모폴리탄을 넘긴다, 어쩌면
유명해지고 싶은지도, 그 뒤에 티브이에서 어느 조잡한
미국 쇼를 선택한다, 저녁은 먹지 않고, 그녀에게는 마른
빵과 물이 있다. 만일 우리가 추락한다면, 그녀는 허기진
채로 신만이 아시는 곳으로 가리라. 나는 나 자신을 한 권
책 뒤에 숨긴 채, 죽이고 사랑을 나누는 콜롬비아 소년들에
대해 읽는다. 스크린에서는 털 난 짐승들을 더 좋아한다,
여우들, 곰들. 나는 해마가 되고 싶다, 노란 종류의,
수천 마리 새끼들을 배 속에 싣고 다니다가 그들을 뱉어
내리라, 각자 자신의 운명으로. 그 모두는 꽤나 절망적으로
변한다, 모든 것이 너의 취향에 모자랄 경우, 모자란 사람,
모자란 언어. 너는 조용하다. 그리고 이 비행은 어떤
면에서도 새의 비행을 닮지 않았다. 어쩌면 나는 철새가
되고 싶다, 언제나 이동 중인, 결코 하나의 땅, 하나의
둥지, 한 마리 새에게 매이지 않는, 무슨 새든, 날 수
있다면, 에로티시즘은 희미해지리라. 오, 이제 그녀는
애거사 크리스티를 꺼낸다, 마치 모든 게 아직 호러 쇼는
아니라는 듯. 아이들의 비명, 우는 아이들의 찌르는 듯한
사이렌. 나는 왜 개를 데리고 비행기에 타는 게 허용되지
않는지 모르겠다, 개는 분명 이 인간 강아지들보다 눈에
덜 띄었을 텐데. 아마 날개 중 하나가 떨어져 나가, 우리는
실려 가는 중인 것 같다, 저 멀리로.

사랑하는 안나, 류블랴나는 악몽이야. 네 마음에 떠오른 첫 번째 생각은 손목을 긋고, 올가미를 묶거나, 건물에서 뛰어내리는 거지. 그걸 감당하려면 너는 계속 술이나 약에 취해야 할지도 몰라. 친구들은 친구들이 아니고, 지인들은 지인들이 아니고, 연인들은 연인들이 아니고, 엄마는 엄마가 아니고 아빠는 아빠가 아니고, 아내는 아내가 아니고, 땅은 땅이 아니고, 모든 게 끝나지 않는 허공에서 맴돌지, 환각들, 유령들, 괴물들, 물은 물이 아니고 공기는 공기가 아니고, 불은 불이 아니야. 사랑하는 안나, 너의 도시는 세상의 끝이야. 어떤 모양의 희망도 없는, 그건 무기력한 삶이자 고통이고, 네 배 속 조여드는 느낌이자 모든 부정적인 세력들의 응축이야, 너에게서 얼간이, 불구자를 끌어내려고 자기들 힘으로 온갖 걸 하는. 류블랴나, 달콤한 이름의 그 뱀은, 스스로를 네 몸에 감지, 부드럽게, 감정을 지닌 채, 그래서 너는 숨을 다 써 버리고 그 뱀을 떨쳐 낼 수가 없어, 늘 너를 따라다니고, 네 뒤를 미끄러져 오고, 다채로운 색깔에 위험하지 않은. 사라져, 늪으로 뛰어들어, 진흙으로 돌아가, 영원히, 우리를 구해 줘.

할아버지는 내게 살 가치가 없다는 것을 깨닫게 한
첫 번째 사람이었다. 내 울음소리가 그의 신경을 어찌나
거슬렀는지 나를 돼지우리에 가둬 버렸다. 아마 구조되지
않았더라면 돼지들은 어린애였던 나를 짓이겼을지도
모른다. 나는 개울로 굴러떨어졌을 때 두 번째로
구조되었다, 진흙 속에 얼굴을 처박았고 갑자기 공기가
사라졌다. 사람들이 다리를 잡고 나를 끌어냈다.
세 번째는 다시 할아버지, 집 꼭대기에서, 그가 격자
정자를 수리하고 있었는데, 아마도 우연히 떨어뜨렸을
것이다, 날카로운 막대기를 내 머리 위로, 내가 창을
내다보는 동안. 나는 방 안으로 물러섰고 선 채로
내 머리에서 피가 흐르는 걸 지켜보았다. 나는 아무것도
느끼지 못했다. 바닥의 웅덩이는 우연히 누군가 올 때까지
점점 커지고 더 커졌다. 그리고 기억이 희미해졌다,
남아 있는 유일한 기억은 내가 의사한테, 벽에다 머리를
찧었다고 설명했던 것. 나는 죽었어야 했다. 최소 세 번,
그 이상이 아니라면. 그리고 그들은 나를 살해했다,
천천히, 해마다 해마다, 그래서 나는 거기에 익숙해졌고,
무심하게 기다렸다, 그들이 딱 한 번은 성공하기를. 너는
가장 많은 노력을 했다. 너는 나를 질식시켰고, 내 숨을
멈추게 했고 내 뼈를 부러뜨렸고, 내 뇌를 파괴했다. 천 번
이상 우리는 섹스를 했고, 매번 너는 지켜보았다, 내가
경계들을 넘어가 다시는 돌아오지 않는지를. 더 이상
누구도 나를 구해 주지 않았다. 게다가 그 일은 꽤
어려웠다. 나를 훨씬 더 죽였던 것은 네가 내 옆에서 다른
이들과 섹스했을 때, 거칠게 숨을 쉬고 비명을 지를 때
너는 그 이상 심할 수 없었다, 나를 돼지우리에 던져
버린 거나 다름없었다. 네가 나를 가장 많이 죽였던 건,
네가 내 개를 데려왔을 때, 개는 차에 치었고, 네 팔에서,
천천히, 영화에서처럼, 마지막 시퀀스처럼, 그리고 암전.

난 이해가 안 된다, 왜 뭐가 그리도 잘못되었는지. 가령
아침 일곱 시이고 밤샘 파티에서 집으로 운전해 돌아오는데
날 멈춰 세운다. 아직 학교도 마치지 않은 경찰 두 명이,
한 쌍의 카우보이들처럼 내 쪽으로 걸어와, 내 모든 걸
비난한다. 내가 할 수 있는 거라고는 속도를 높여 자리를
뜨며, 내가 이 나라에서 뭘 하는 건가 궁금해하는 것뿐이다.
헤어진 아내는 신경질적으로 전화를 걸어, 물어본다, 왜 지난
몇 년간 자기를 괴롭히고, 스토킹하고, 염탐했느냐며, 나는
진작 한 여자를 만났어야 했다고, 세상에 여자는 많다고,
나는 그저 그만, 그만두어야 한다고. 내 남자 친구는 나더러
자신을 미워해 달라고 빌고, 돌아선 다음, 나를 떠밀고, 계속
'내 눈의 우울'과 '죽기 좋은 날' 같은 노래들로 날 놀린다.
그가 나에게 뭘 말하고 싶은 건지 이해가 안 된다. 사람들
틈으로 물러날 때면, 그들의 진정제와 각성제, 알코올의
혼합물이 나를 소용돌이처럼 끌어당겨 지속적으로 불안하고
진정할 수 없는 상태까지 내려간다. 나는 세상에서 가장
스트레스 받는 동네에 산다. 원기를 되찾으려 애쓰지만,
내 손은 떨린다. 나는 겁을 먹고 손은 아예 더 떨린다.
나는 생각해 본다. 어디로 탈출할 수 있을지, 어느 도시에
숨을지를. 나에게는 내 삶이 점점 더, 탈출에 관한 길게
늘어지는 꿈에 불과한 것으로 보인다.

나는 담당 의사에게 갔고 당황하며 인정했다, 나에겐 살 의지가 없었다고. 어떻게 이 지경에 이르렀는지 모르겠다, 마치 살 의지가 있었던 적이 없던 것처럼, 혹은 그게 어떤 건지 알았던 적이 없는 것처럼. 나는 나의 가족들을, 한 명 한 명 별도로 관찰했고, 다음은 친구들 혹은 지인들, 동료들, 혹은 내가 만났던 모든 이를 관찰했지만, 그 누구도 살 의지가 있는 것처럼 보이지 않았다. 의사는 내게 취미를 찾아야 한다고 했고, 나는 즉시 이렇게 물으며 반박했다, 선생님은 살 의지가 있었냐고. 그녀는 시큰둥한 미소를 짓더니 내 파일을 들여다보았다: 우리는 제가 아니라 환자분에 대해 얘기하고 있어요. 환자분을 행복하게 해 줄 것들이 분명 수천 가지가 있어요. 그건 아무 의미 없다, 그리고 그것들이 정말, 진실로 그럴까? 그저 진정하라며, 그녀는 결론을 지었다, 당신에게는 절대 아무런 문제가 없고, 이건 지극히 평범한 무엇이라고, 그것은 왔을 때처럼 지나갈 거라고 했다. 나는 언제 그게 왔었는지 기억할 수 없었고, 그것이 결국에 지나가리라는 걸 의심하지 않았다. 그녀의 치료에 지친 채, 나는 집으로 돌아왔다. 나는 네 눈을 들여다보았다. 내겐 더 이상 뭔가가 보이지 않았고, 거기에는 아무것도 없었다. 오직 개만이 명백한 신호들을 주었다, 그와 함께라면 그건 아직 지나가지 않았다고.

밤은 길고 잠은 오지 않는다. 나는 소리들을 일일이 들으며
어둠 속에 누워 있고, 발자국 소리라도 들리면 초조해진다,
그 소리들이 열쇠를 달그락거리는 소리로 이어질까 궁금해
하며. 그리고 어둠이 고요해진다, 상념들이 이어지고, 이윽고
다시 새로운 소리들. 그렇게 꼬박 하룻밤이 간다, 격렬한
꿈들의 짧은 장면들, 나는 너를 기다리는 나의 피부와 몸을
느낀다. 한밤중 발자국 소리들이 활기를 띠고 다가올 때면,
내 심장은 더욱 빨리 뛰고, 손잡이가 움직인다. 나는 네가
돌아다니는 것을 본다, 취한 채 마치 어디에 온 건지도
모르는 듯. 너는 옷을 벗고 내 옆에 드러눕는다. 그러자
신경들이 가라앉았다, 일시에 전체가, 나는 너의 가슴 위에
머리를 누이고 모든 게 끝난다. 너는 중얼댄다: 대체 왜
아직도 나랑 있지? 나한테 아무것도 얻을 게 없잖아! 나는
아무 말도 안 한다. 너는 대답을 원하고 술에 취해 간청한다.
나는 너에게 몸을 바짝 대고, 이렇게는 잠들 수 없다. 밤은
길다. 여행은 시작된다. 너는 끄트머리에 있다, 나에게서
떨어져 잠든 채, 나는 너를 향해 기어가고, 내 뒤에서는
개가 내게 몸을 기댔기에 침대의 절반은 완전히 비어 있다.
그것이 우리의 여행이고 아무도 아무것도 이해하지 못한다.

우리가 구름 위를 날 때, 나는 생각한다: 내내 하늘을
난다면 최상일 거라고. 여기서는 태양이 항상 빛난다.
몹시 평화롭다, 비록 순식간에 비행기가 폭발하며 인생에
작별을 고할 수도 있겠지만. 나는 미국 현대 게이 시
선집을 손에 들어본다. 그 책을 펼쳐볼지는 결정할 수가
없다. 나는 분명 그 안에 속하지 않는다. 내 다른 손에는
슬로베니아 현대시의 새로운 경향에 대한 에세이를
들었다. 거기서도 나 자신을 발견할 수 있을 것처럼
보이지 않는다. 나는 모든 게 당연한 척한다, 비록 그렇지
않더라도. 미국의 시인들은 내 위치를 시기한다, 다수 속
한 명이 아니라고. 슬로베니아인들은 쩔쩔매고, 답답하며,
조용히 있는 걸 선호한다. 나는 그것이 두려움과 연관
있지 않을까 추측한다. 이것이 때로는 질투와 연결될 수
있다. 그들은 수백 명 사람들을 거리로 모으는 데 성공한
적이 없다. 사라질 이상들을 위해서도 그래 본 적이
없고. 그럴 때 그들은 주위에 없었고, 그건 많은 걸 말해
준다. 하지만 여전히, 이 모든 딜레마는 부질없다. 역사에
언급되려는 그들의 이 투쟁은 터무니없다. 나는 읽고 싶은
마음이 안 든다, 마치 그것이 외국어로 쓰인 것처럼. 나는
구름들을 지켜본다. 그것들이 어떻게 쌓이고, 모여들고,
밀어내는지를, 흰 구름은 누군가 그 위에 올라가
누울 만한 부드러운 바닥을 내준다. 이것이 천사들이
창조되었던 방식이다.

나는 그녀에게 들켰다. 바로 *제임스 셔일러**의 시 중간에서.
그 시 안에 뭔가 특별한 것이 있어서는 아니었다. 나는
움찔한다. 스웨덴행 비행기를 기다리는 중이고, 그녀는
내 옆에 앉았다. 나는 그녀가 안절부절못하는 걸 감지한다.
일 분도 되지 않았는데 이미 내게 뭘 읽는지를 묻고 있다.
그녀는 망설임이 없다. 나는 책을 뒤집어 보인다, 그녀가
게이 시라는 느끼한 제목에 충격받으라고. 달리 어찌해야
하겠나. 오오오, 하고 그녀가 소리를 낸다. 나는 그녀에게
끼어들어 몇 가지 무의미한 질문들을 던진다. 그렇다, 그녀는
미국인이고 바로 이번 주말에 결혼할 예정이다. 나는 책으로
눈길을 돌린다. 어쨌든 그녀만 아니었으면 나는 멀쩡해
보이니까. 그녀는 잠시 기다린다, 너무 노골적이지 않으려고,
그런 다음 일어나 어딘가로 가 버린다. 나는 스스로에게
화가 난다. 왜냐하면 내 안의 그 불안을 느꼈기 때문이다.
수십 년간 나는 그걸 떨칠 수가 없었다. 나는 정말이지
그 책의 표지를 찢어 버리고 싶다. 왜 그 단어였는지:
들켰다? 게이 문학의 한 악명 높은 작가는, 이제 다시
어린이가 되어, 담요 밑에 숨은 채 어린이 책의 그림들에
손전등을 비춘다. 웃옷을 벗은 채 해변에서 노는 소년들.
주인공이 특히나 내 취향이었다, 그의 날씬하고 단단한 몸매.
얼마나 바보스러웠는지 나의 그 긴장이란, 쿵쿵대던 심장,
혹시 누군가 내가 여자애들 말고 남자애들을 쳐다보는 걸
알아채기라도 할까 봐. 이런 반응에 종지부를 찍기란
힘들다, 얼굴 붉힘과 떨림. 나는 책을 덮고 화장실로 간다.
소변기 앞에 서서, 손에 성기를 쥐는데, 그 생각이 다시
내 머릿속을 스쳐 간다. 나는 컴컴한 앞쪽을 보고 있고,
감히 왼쪽도 오른쪽도 보지 못한다. 나는 양쪽의 사내들을
느낀다, 소변보는 소리가 들린다, 분명 언제나처럼 서로를
확인하는. 비교하는. 그리고 나는, 경직되어 멍해진다, 나를
들킬까 봐. 그들은 어찌나 내게 부담을 주는지! 소년들이
그걸 휙 빼 들었다 — 그리고 나는 이 게임에서 제외되었다.
내가 정말 그걸 의도해서? 내가 게이 문학을 읽어서? 그들은

오랫동안 알아 왔어도 누군가를 보여 줘야 할 때면 나를 자신들의 게임에 절대 초대하지 않았다. 지금조차 그들은 다소 거북해한다. 내가 그들 때문에 거북한 것처럼. 그게 내가 공공장소에서 낭독을 잘 안 하는 이유다, 나는 사람들과 가능하면 적게 어울린다. 마치 존재하는 것이 난처하다는 듯.

* *James Schuyler (1923~1991). 뉴욕파에 속하는 미국 시인.*

베트남 여자는 내 어휘들을 넘어설 것이다. 그녀의
원고는 실크지에 쓰여 있고, 작은 핏방울 같다. 그녀가
내게 읽어줄 때, 내겐 열대 비의 후드득 소리가 들린다.
물이 흐르고, 건널 수 없는 정글, 군화의 발자국들,
잊힌 지뢰들의 영화 속 이미지들, 때로는 어느 맑은 날
멀리서의 폭발. 그녀는 늘씬하고, 아담하다, 마치 자기
안으로 기어든 듯, 그리고 눈썹 밑에서 올려다본다, 천천히
두려움을 불어넣으며. 검고 긴 머리, 그녀는 그 동물 같은
눈동자를 똑바로 내게 겨냥했다. 멀리서, 과거에서, 희미한
기억으로부터, 예기치 못한 움찔함, 마치 내가 팔을 뻗어
그녀를 만진 듯. 나는 내 시선으로 그녀의 옷을 벗기고,
그녀 옆에 누워 내 몸을 세게 밀어붙인다, 그러자 모든
나무들이 쓰러진다, 집들을 파괴하며, 야수처럼 비명을
지르는 그녀. 내가 한 여자의 몸을 파고든 지는 오래되었다,
그래서 나는 놀란 채 응시할 뿐이다. 어디로부터 이런
이미지가 형상으로 나타났지. 그녀는 눈사태에 파묻힌다.
눈 더미는 내 위로 굴러오고, 군중들과 구르는 사과들,
회고록을 쓰는 기진맥진한 성 노동자들, 건방진 소설가들,
지루한 문학 에이전트들, 이름들, 이름들, 도시로 들어와
버린 말코손바닥사슴, 정치인들, 경찰, 축구 선수들 위로
굴러온다, 그들은 어쩌면 그리도 버젓이 다니는지, 꺼진 지
오래인 하늘에 뜬 이 허구의 별들, 마치 아무도 살 수 없는
어느 궁극적이고 경이로운 별똥별을 위한 흐느낌 같은.

넌 안 믿길 거야, 그가 내게 말한다, 내 꿈속에서 네가
잘생긴 젊은 남자로 변했어, 백화점에서 남성복을 파는
사람으로 말이야. 이따금 그는 거울 속 자신을 보고
손님들은 목마르게 그를 넘겨봐. 다들 바지와 스웨터들을
입어 보고, 계속 되돌아와 이상한 질문들을 던지지.
친구들이 인사를 건네러 오고, 여자 친구는 퇴근한 뒤에
그를 기다려, 그래서 그들은 근처의 바로 한잔하러 가.
그는 미소를 지었고 분명 걱정이랄 게 없지. 취하자
그는 사람들이 자기를 만지게 둬, 여자 친구는 떠나고.
한번은, 네가 말하길, 내가 그를 탈의실로 끌어들였어,
그의 파란 눈을 들여다보려고. 그 다음에는? 내가 묻는다.
아무 일도. 나는 집에 왔고 너는 접시들과 빨래들을
치운다, 너는 계속 몇몇 서류들을 정리했고, 나는
내 꿈들을 너와 공유할 수 없다. 그런 다음 너는 탁자에서
일어나 떠난다. 너는 항상 떠난다, 우리가 대화를
시작할 때. 정말로, 그게 더 나을지 모른다, 만일 내가
옷을 판다면, 세상은 꽤 단순해질 것이고 너는 또다시
나에 대한 꿈을 꿀지도 모르지, 내가 어떻게 한때 다른
누구였는지에 대한.

동네 위로 황혼이 내릴 무렵, 나는 주차된 차들을 지나
걸어간다. 한 군데서 커다란 음악이 흘러나오고, 그림자
두 개. 긴 머리 여자가 남자에게 고개를 숙였다. 당황한
나머지, 나는 딴 곳을 본다, 비슷했던 다정함을 기억하며.
뒤이어, 부드러운 비명. 호기심에, 나는 돌아보고, 손 하나를
본다, 그녀를 때리는 손을, 두 차례, 그녀는 미동도 하지
않고, 자리를 뜨지도 않는다. 혼란스러워져, 나는 빠르게
걷는다, 마치 놀란 듯, 마치 거기서 나 자신을 보는 것처럼.
이 몸짓들에서 벗어나는 건 어찌나 어려운지. 아이였을 때,
너는 위협하는 손을 피하려고 움츠리고는 했다, 어른이 된
너는 그 손으로 위협한다. 나는 천 배로 부끄럽다, 그리고
그 차 안의 장면은 내게 그렇게 보였다, 사라진 로맨스는
잊힌 폭력에 지나지 않는다고. 그 일에 대해 내가 누구를
탓하랴? 어떻게 저항하는지도 모르는데. 집에 와 나는
너에게 기어간다, 마치 안 좋은 기분을 누군가와 만회하고
싶다는 듯. 너는 공처럼 움츠린 채 아무것도 모른다. 귀를
쫑긋 세우더니, 눈을 뜨고 나를 본다. 나는 너의 머리를
토닥인다, 아이에게 자장가를 불러 주듯 노래를 부르며,
도시는 시끄럽단다, 주차된 차들로 가득하고, 하지만 그냥
자렴, 자렴.

잊는다는 것, 어떻게 다친 사슴이 우연히 우리 옥수수밭에 들어왔고, 할아버지가 사냥꾼들을 불러 사슴을 치우게 했는지를. 잊는다는 것, 그들만의 비밀이 있었지만 나에게는 숨기던 소년들을. 언제나 내가 비밀에 대해 물어보면 그들은 이렇게 말하곤 했다: 너는 아직 너무 어려. 나는 언제나 아직 너무 어렸고 그들이 뭘 했는지 결코 알아낼 수 없었다. 잊는다는 것, 유치원에서 나와 사랑에 빠져 계속 입맞춤한 소년을, 그동안 선생님은 그저 미소를 지으며 이렇게 말했지: 하지만 걔는 여자애가 아니잖니! 잊는다는 것, 급우들이 차례차례 우리 집에 왔을 때 내 몸을 감싸던 희미한 떨림과 열병을. 나는 그들에게 개인 수업을 해 줬는데, 그 애들은 점수가 낮았고, 그저 반에서 내가 자신들을 도울 적임자일 거라는 데 공감했기 때문이었다. 남자애들은 나를 공유했고, 여자애들은 반의 한 여자애를 공유했다. 잊는다는 것, 어떻게 내 눈길이 나도 모르게 아이들의 첫 수염에 머물렀는지, 어떻게 내가 체육 시간에 아픈 척을 해, 벤치에 앉아 아이들이 공을 쫓는 걸 구경하며 좋아했는지를. 잊는다는 것, 내 첫 글쓰기가 이 소년들을 향한 것이었다는 것을. 잊는다는 것, 내 절망적인 폭음을, 왜냐하면 그때 오직 그때만 나는 내 첫사랑을 만질 용기가 났기에. 잊는다는 것, 그 뒤에 일어난 모든 일들을. 잊는다는 것, 내가 계속 시도하는데도 결코 허락하지 않던 내 첫 여자 친구를. 믿기지 않는다, 그때 나는 어찌나 엉큼했던지! 잊는다는 것, 내 긴 머리와 마른 몸매 때문에 착각해, 학교 계단 위에서 나를 부르고, 내가 돌아서자 그의 구제 코트를 벗으며 내게 그의 붉고 못생긴 성기를 보여줬던 남자를. 잊는다는 것, 내 안에 솟아오르던 메스꺼운 느낌, 그리고 내가 내 급우의 파란 눈을 들여다볼 수 있게 했던 다정함을. 잊는다는 것, 내가 남자들의 세계에 등을 돌린 채 아내를 바라보고 아내는 그렇게 하도록 돕던 때를. 인생이 그저 바다의 파도로만 보였던, 우리의 경이로운 해변에서의 시간을.
잊는다는 것, 지속적으로 나를 위협했던 내 계부의 역겨움을,
그래서 나는 도망쳤지, 그의 손길이 그 이상의 것을 원할까
두려워서. 잊는다는 것, 내 혀에서 아무것도 만들어지지
않고, 많은 것들이 내 혀에서 나오지 않을 거라는 것을,
나는 숨어서 조용히 있는 걸 좋아하지, 잊는 걸 좋아해.
아, *조 브레이너드**, 잊는 편이 낫다, 모든 걸 잊는 것이,
왜냐하면 그것들은 계속해서 고통스럽고 민감한 부위들을
건드리고, 죽을 때까지 멈추지 않을 것이기에. 잊는다는 것,
잊는다는 것. 때때로 내 방에는, 무시무시한 침묵과
더 무시무시한 어둠이 있다.

* *Joe Brainard (1942~1994). 미국의 미술가, 그래픽 디자이너, 작가.*
책 나는 기억한다로 유명하다.

차례

추천사

날것의 욕망 속에서 붉게 번식하고,
굶주린 꿈속에서 서식하다
끈끈한 침을 뱉는

毛魚 모지민

작가

배우, 드래그 아티스트*

브라네는 어제 꽃을 보았다.
살아 있는 꽃을 잘라 시장에서 팔고 살고 애당초 죽은 꽃을
선물 받았다.
꽃은 시들고 시든 꽃잎이 이 방에서 저 방으로 데굴데굴.
분명 살아 있었는데 분명 아름다웠는데 분명하게 죽어 버렸다.
향기를 잃은 생명은 어디로 가야 할까.
꽃 속에서 벌레가 기어 나오고 그럼에도 브라네는 여태
바라본다.
너무 쉽게 피고 지고 너무 짧게 오고 가고. 왜일까.
왜 아름다운 것들은 금세 사라질까.

브라네는 오늘 알을 보았다.
병든 닭들이 변방에서 밤새 알을 낳고
애당초 잡아먹기 위해 탄생한 계란이 이 날에서 저 날로
구들구들.
분명 알이었는데 분명 단단했는데 분명하게 깨지고 죽어
버렸다.
생명을 다한 생명은 어디로 가야 할까.
숱한 성기 위에서 오래전 이름도 없이 타 죽은 너의 정액이
덩실덩실
꿈에서 빳빳한 좆을 뽑아 먹고 그 구멍에서 하염없이 붉게 번진
그 짙은 선홍색 피를 흐릿하게 아주 흐릿하게 기억해야만 해.

** Drag. 자신의 성별이나 지위에 기대하는 모습과 달리 자신을 꾸미는 퍼포먼스의 일종. (편집 주)*

옮긴 이 말 — 내가 만난 브라네 모제티치

김목인

번역가

『시시한 말 · 끝나지 않는 혁명의 스케치』 옮긴 이

브라네 모제티치의 번역을 맡게 된 것은 2022년 가을 움직씨 출판사와의 통화를 통해서였다. 제안이라기보다는 당첨에 가까웠다. 앨런 긴즈버그와 오션 브엉의 글을 옮긴 적이 있고 음악을 한다는 이야기에 시인이 영문판 중역자로 신뢰를 보내왔다는 내용이었다. 생각해 보고 연락을 달라고 했지만, 바로 알 수가 있었다. 이 일은 맡아야 한다는 것을.

곧 시집들과 함께 시인의 메일 주소가 도착했다. 옮기며 궁금한 것이 있으면 언제든 물어보라는 의미였다. 하지만 나는 역자로서 최대한 혼자 고민한 뒤에 물어보고 싶었다. 모든 의미는 작품에 담겼고, 역자는 혼자 찾아낼 의무가 있다고 믿었던 것 같다. 그렇게 나는 천천히 모제티치의 시들을 읽어 나갔다.

차츰 이 시들을 들려주는 화자의 인상도 선명해졌다. 그는 너무나 혼란스러웠던 현대사의 격변을 경험했고, 냉소적인 데다 섬세했고, 위트 있고 다정다감했다. 분노하다가 체념했고, 소심하게 시작해 도발적인 선언을 드러내기도 했다. 나는 그 목소리를 듣고 이해하며 풀리지 않는 부분들을 줄여 나갔다. 머지않아 시인에게 보낼 질문들을 추릴 수 있을 것 같았다.

그런데 그 시점에 시인이 한국에 오게 되었다. 2022년 11월, 프라이드 엑스포에서 낭독회가 잡혔고 나도 같이 번역본 낭독을 하게 되었다. 미완성 원고를 챙기며 긴장했다. 번역을 맡은 책의 저자를 직접 만나는 것이 처음이었다. 그러나 긴장의 진짜 이유는 시에서 경험한 복잡한 면모의 화자를 실제로 마주하게 된 데서 비롯된 것들이었다. 저자는 화자가 아니라는 것을 머리로는 알았지만 몸으로는 떨치기가 힘들었다.

시인을 만나던 날. 나는 프라이드 엑스포의 북적한 인파를 지나 7층으로 올라갔고, 곧바로 첫 인사를 나누게 되었다. 이 사람이 내가 읽어 온 시의 화자인가 실감할 틈도 없이 우리는 선물을 교환했고(나는 내 음반과 내가 옮긴 앨런 긴즈버그 시집을, 시인은 슬로베니아의 석기시대 뼈 피리로 녹음된 특별한 음반과 초콜릿을 준비했다) 잠시 공동의 관심사를 나누다 허둥지둥 낭독회를 하러 갔다.

낭독을 하며 긴장은 조금 더 풀렸다. 나는 내게 익숙해진 시들을 슬로베니아어로 들으며 그 낯선 아름다움에 귀를 기울였다. 내 순서가 돌아올 때면, 내가 이해한 시의 목소리를 최대한 생생히 전하려 톤을 조절해 보기도 했다.

그날 관객과의 대화에서 나는 슬로베니아 현대사에 대한 한국어 자료가 많지 않아 어려웠다고 했다. 그러자 시인은 자신은 분명 메일 주소를 보냈었다며 농담 섞인 진담을 들려주었다. 시인이 슬로베니아로 돌아간 뒤, 나는 마지막 수정을 서둘렀다. 그리고 드디어 엄선한 질문들을 모았다. 너무 늦은 메일이었지만, 시인은 빠르고 친절한 답들을 보내 주었고 내가 한 해석이 맞다고 할 때면 역자로서 최고의 기분이었다.

시인과의 짧은 만남에서 유난히 기억이 남는 장면이 있다. 낭독회가 시작되기 직전 우리가 자리에 앉아 나누었던 약간의 대화들이다. 그때의 주제는 시에 담긴 고통스러운 어린 시절이나 유고슬라비아의 붕괴, 혁명의 복잡함과 환멸에 대한 것이 아니었다. 우리가 진지하게 얘기했던 것은 각자 손에 쥔 무선 마이크를 켜고 끄는 법을 제대로 이해한 게 맞는지에 대한 것이었다. 또 우리는 낭독을 녹음하거나 기록 사진을 찍어도 되는지 서로 물었고, 시작 1분 전에 내 의자 바닥이 덜렁거리는 걸

동시에 발견하고 말았다. 그 순간 시인이 어린아이처럼 키득거렸던 게 잊히지 않는다.

나는 이 파란만장하고 고통스럽고 눈물겨운 시들을 소개하며, 왠지 그 현재형의 소소한 에피소드를 더하고 싶었다. 그건 의외의 장면이 아니라 분명 시 어딘가에 있는 장면이었다.

동시대를 살아가는 위대한 시인의 시를 소개할 수 있어 너무나 영광이다.

끝나지 않는 혁명의 스케치

NEDOKONČANE SKICE NEKE REVOLUCIJE

NEDOKONČANE SKICE NEKE REVOLUCIJE

by Brane Mozetič

This book was translated and printed
with the support of Slovenian Book Agency.
이 책은 슬로베니아 북 에이전시로부터
번역 출판 제작 기금을 지원받아 출간되었습니다.

브라네 모제티치 시집

끝나지 않는 혁명의 스케치 · 시시한 말

초판 1쇄 2023년 3월 21일 펴냄

지은이 브라네 모제티치
옮긴이 김목인
디자인 이기준
편집 나낮잠 노유다

펴낸이 노유다 나낮잠
펴낸곳 움직씨 출판사
주소 10550 경기 고양시 덕양구 삼원로 73, 808호
전화 031-963-2238 팩스 0504-382-3775
이메일 oomzicc@queerbook.co.kr
홈페이지 queerbook.co.kr
온라인 스토어 oomzicc.com
페이스북 · 트위터 · 인스타그램 @oomzicc

인쇄 넥스프레스
ISBN 979-11-90539-17-3 (03890)

일러두기

1. 이 책은 노스필드의 Talisman House에서 펴낸 브라네 모제티치 시집 『Unfinished Sketches of a Revolution』(2018)을 우리말로 옮긴 것입니다.
2. 각주는 옮긴 이의 것입니다.
3. 시인의 의도에 따라 모든 시에는 제목이 없습니다.

끝나지 않는 혁명의 스케치

끝나지 않는 혁명의 스케치
끝나지 않는 혁명의 스케치
끝나지 않는 혁명의 스케치
끝나지 않는 혁명의 스케치
끝나지 않는 혁명의 스케치
끝나지 않는 혁명의 스케치
끝나지 않는 혁명의 스케치
끝나지 않는 혁명의 스케치
끝나지 않는 혁명의 스케치
끝나지 않는 혁명의 스케치
끝나지 않는 혁명의 스케치
끝나지 않는 혁명의 스케치
끝나지 않는 혁명의 스케치
끝나지 않는 혁명의 스케치
끝나지 않는 혁명의 스케치
끝나지 않는 혁명의 스케치
끝나지 않는 혁명의 스케치
끝나지 않는 혁명의 스케치
끝나지 않는 혁명의 스케치

브라네 모제티치 지음
김목인 옮김

NEDOKONČANE SKICE NEKE REVOLUCIJE

Brane Mozetič

내가 어릴 적, 그들은 우리에게 대통령을 향해 작은 깃발들을 흔들게 했다, 우리 학교는 첼로브슈카 거리 인근에 있었고, 브르닉 공항에서 류블랴나로 가는 전략적인 길목에 있었다. 우리는 가끔 외국의 국기들을 흔들기도 했다. 그에게 손님이 왔을 때. 이제 그들은 우리에게 투표를 시킨다. 모든 것이 공정해 보이도록. 새로운 정부는 카메라 앞에서 포즈를 취한다. 어떻게 그들은 무언가 훔칠 만한 게 남았다고 믿으며 희망을 찾아내는 걸까. 거센 바람이 산 쪽으로부터 불어 들고, 춥지만, 눈은 거의 없다. 나는 창문으로 사람들을 내다본다. 그들은 자신들이 속아왔다는 것을 서서히 알아채기 시작했고, 어떻게 이런 일이 일어날 수 있었는지 이해할 수가 없다. 그런 일은 여러 세월에 걸쳐 흘러오고 있다.

나는 길고 텅 빈 복도를 힘겹게 지나간다, 암울하고,
다리와 팔은 짐 때문에 아프다. 계속해서 거대하고 하얀
홀 안으로. 신성한 국가로 들어서는 신성한 입구로. 줄은
긴데다 열 번은 구부러져 있고, 엄격한 심사관에 질문은
심각하다, 그들은 모두 세계의 작은 경찰들이다. 나에게는
모든 미국인이 이렇게 보인다. 이미 유치원에서, 그들은
세계지도를 굽어보며, 탱크를 움직이고 로켓을 조정한다.
내가 매주 국경을 지난다 해도 그들은 매주 내 사진을
찍고, 매주 내 지문을 가져갈 것이다. 그들은 어디에서 길을
잘못 든 걸까? 저, 공허한 자유의 말들처럼. 나는 여전히
다리를 전다, 영원히 잠재적인 적, 사방에, 수십 년 전에
그리고 오늘날에도. 우리는 적에 대해 지속적인 경각심을
지니라고 배우곤 했다. 우리가 배운 거라고는 이제 우리
자신이 그들을 위해 투표한다는 것, 미국인들처럼 하늘로
솟아올라 폭탄들을 떨구게 되었다는 것. 아마도 어느 날
실수가 생길 것이고 우린 우리의 동네들을 파괴하고
말 것이다. 어쩌면 지구가 열리며 우리를 삼켜 버릴 것이다.
우리는 거리마다 모여 전쟁에 반대하는 시위를 벌인다.
위선자들, 전쟁에 찬성표를 던졌던 우리가.

그날 우린 우리 집에서 *리볼버*지*를 위한 회의를 하기로
했다. 여름이었고, 저녁 무렵이었던 것 같다. s는 이미
와 있었지만, 다른 이들은 아직 오지 않았다. 그때 n이
전화를 했다. 거리에 탱크들이 있다고 했다. 파르티잔처럼
알아서 길을 뚫어 볼 거라고 했다. 그녀는 훨씬
나중에야 도착했고 전쟁이 시작되었다고 말했다. 회의는
취소되었다. 그때부터 시작된 일들이 나에게 죄책감을
남겨 왔다. 그들은 그들끼리 국가를 분할했고, 약탈했으며,
내 할머니의 정원에다 똥 한 무더기를 남겼다, 벌레를
두고 싸우고, 여기저기 쪼며 꼬꼬대는 닭들. 대포 소리는
멀리 있어도 들려온다. 나는 마음의 고통 없이 평화롭게
살 운명이 아니었다. 나는 벗어나기 위해 여행한다. 하지만
새로운 나라에도 새로운 대포와 군대, 기관총들이 있고,
나는 내 뒷목에 손을 괸 채, 바닥에 누워, 민주주의를
지지하던 나의 낭독들을 회상한다 — 자, 바로 이것.

** 1990년에서 1997년까지 유고슬라비아·슬로베니아에서 발행되었던*
게이 잡지. 시인은 편집자로 일했다.

우리는 계속해서 시위가 있던 로슈카 거리로 나아갔다.*
연설을 들으며 야유하거나, 박수를 쳤고, 혁명 그 자체였다.
빛바랜 사진 속 우리는 유고슬라브 사우스에 실린 글들을
읽고 있었다, 몇 년 뒤면 학살을 주도할 필자들이 쓴 글을.
우리에게 있었던 문제는 보지 않았다는 것이다. 바로
몇 년 뒤 핍박받던 이들이 높은 자리를 꿰차게 되고 —
메텔코바 문화 센터**에서 전기와 물을 끊어 큰 수통으로
물을 실어 나르게 만들 거라는 것을. 내 팔은 아직도 아프다,
심지어 오늘까지도. 동네에 있는 모든 주유소의 종업원이
우리를 알았다. 어렵다, 세상을 바꾼다는 것은. 전적으로
불가능한 게 아니라면. 오늘은 휘트니 휴스턴이 세상을
떠났다. 로슈카 거리보다 몇 년 전, 너는 그녀의 노래를
따라 불렀다 언제나 나를 사랑할 거라며. 하지만 나는
그 말을 믿지 않았다. 그건 그냥 노래였다. 그래도, 너의
노래를 듣는 건 근사했다. 게다가 그 노래가 라디오에서
백 번을 흘러나와도, 내 안에 여전히 그 또 다른 키치를
불러일으킨다. 그 거리, 군중 속에 있는 한 사람, 나는
스스로에게 쉽사리 말할 수 없다, 그건 그저 정치였다고.

* 4인 재판으로도 알려진 JBTZ 재판은 1988년, 당시 유고슬라비아의 일부였던 슬로베니아의 군사 법원에서 열렸던 정치 재판이다. 유고슬라비아 인민군에 비판적인 기사들을 쓰고 발행하는데 참여한 이후, 피고들은 '군 기밀 밀고' 혐의로 6개월에서 4년 사이의 금고형을 받았다. 슬로베니아에서 이 재판은 엄청난 파장을 불러일으켰고, 공화국에 민주 야당이 조직되고 발전하는데 있어 중요한 사건이었다.

** 류블랴나에 있는 자치적인 사회 문화 센터. 슬로베니아가 독립하며 유고슬라비아군이 주둔했던 자리에 형성되었다. 공연장, 문화 단체 사무실, LGBT 커뮤니티, NGO 사무국, 예술가들의 작업실 등이 있다.

니카라과의 뜨거운 태양. 그 아래, 관광객을 위해 멍에를
쓴 말들. 길게 줄지어 선 채. 누군가 우연히 연민을 느낀다
해도, 첫 수레가 떠나면 말들은 저절로 앞으로 이동할
뿐이다. 하나같이 여윈 데다, 지쳤고, 겨우 긴 여행을
해낼 수 있을 것 같다. 두 마리는 영구차를 끄는데, 유리
너머로는 관이 보이고, 길고 행복한 행렬의 뒤를 따른다,
재즈를 연주하는 트럼펫들, 그 무엇도 말들을 방해할 수는
없다, 망자의 표정들, 심지어 노래하며 춤추고 박수 치는
교회의 신도들마저도. 북 치는 소리가 내 머릿속에
메아리친다. 저녁이 되어, 열기가 한풀 꺾이면, 새들이
미친 듯이 끽끽대며 활기를 띤다. 하지만 그 무엇도
말들을 방해할 수는 없다. 이따금 누군가 말들에게 물을
끼얹어 준다. 뒤에서 보면 땅에서 수증기가 피어오른다.
밤이 올 것이다. 말들은 우리를 우리의 비참한 마구간으로
데려다줄 것이다. 나는 내 옆의 말에게 몸을 부비며
녀석이 나를 애무해 준다고 상상할 것이다. 나는 말을
보지 않고, 말도 나를 보지 않을 것이며, 그저 제 옆의
지친 몸뚱이를 느낄 것이다.

1973년 11월 28일, 나는 유니온 시네마에서 영화 *카바레*를 보았다. 평을 덧붙여 짧은 요약문까지 써두었다: 도무지 모르겠다, 이 영화의 어디에 오스카상을 8개나 안겨 준 매력이 있는 건지. 그리고 몇 달 뒤에는 *외침과 속삭임*을. 뒤이어 *파리에서의 마지막 탱고*를. 당시 나는 많은 영화를 보았고, 베오그라드에 이어 열린 작은 영화제인 소비에트 영화 주간에도 참석했다. 그러나 몇 년 간 주로 한 것은 음악 차트를 만드는 일이었다. 내 음악적 우상들은 모두 어떤 이유에서든 반항아들이었다. 나는 딜런의 가사들을 번역했고, 스톱 매거진에서 가수들의 사진을 오려 내어 공책에다 풀로 붙였다. 때로는 트렁크 차림의 체격 좋은 남자 사진도 그 페이지들에 자리를 잡았다. 당시 우리는 모두 반항아였다. 우리는 결혼을 업신여겼고, 폭스바겐 비틀을 타고 주말여행을 떠나는 가족의 이미지를 역겨워했다. 우리는 돈을 무시했고, 모든 게 돈과 연관이 있었다. 우리는 허름한 차림새로 돌아다녔고, 주변부 어딘가에서 우리들 사이의 작은 불꽃들을 찾아다녔다. 혁명이 올 때까지. 혹은 반혁명이 올 때까지. 그 뒤에 그 불꽃들은 사라졌고, 주변부는 무너져 갔고, 내 주위의 모두가 결혼과 가족, 아이들과의 주말여행을 위해 싸우기 시작했다. 젊은 남자들은 오로지 돈 때문에 나타나기 시작했고, 그들은 날 손가락으로 가볍게 만지지도, 나의 떨림을 느끼지도 않았다, 무엇을 위해 싸워야 하는지조차 몰랐다.

74년 봄, 우리는 고교생 연합의 의장으로부터 편지
한 통을 받았다, 편지에서 그는 우리 학생들이 티토*의
영묘** 건립에 반대하지 않는다고 말했다. 하지만: 우리는
그러한 투자가, 모두들 경제의 안정을 위해 분투하는
시기에 적절하지 않다고 생각한다, 우리가 온갖 사치스런
건물들(막시마르켓 백화점, 류블랸스카 반카 은행)의
건설을 비판하던 와중에 말이다. 나는 1학년이었다. 교실
창밖으로는 정확히 이 건물들의 아름다운 풍경이 보였다.
심지어 테라스에서는 더 사랑스런 경치도 보였는데
거기서 나중에 우리는 공기총 쏘는 법을 배우며 사전
군사 훈련 수업을 듣기도 했다. 총알은 곧장 의회까지도
닿을 수 있었다. 슈투덴트 디스코를 돌아다니던 것이 내가
아니었나, 음악이 춤추라고 있는 곳이 아니었던 그곳,
이 모든 새로움을 학교로 끌어들이던 게 내가 아니었나?
이 모든 몇 십 년간의 일에서 뒤로 이동하는 건 얼마나
순식간인지. 우리는 추억들로 후퇴한다, 우리 주위의 모든
것들이 낯선 존재가 되어 간다, 불필요하고 중요치 않은.

* *Josip Broz Tito (1892~1980). 유고슬라비아 사회주의 연방 공화국의 초대 대통령. (편집 주)*

** *죽은 위인이나 신격화된 인물의 참배를 위한 사원 형태의 묘지.*

1941년 8월 말, 슬라브코 삼촌이 콘그레스니 광장을
산책한다. 성년에 이른 학생. 다른 두 명도 그 옆에 있다.
마치 함께 나라의 운명을 논하는 것처럼. 2년이 지난
뒤의 2월, 모니고*에서 그는 이렇게 쓴다: 카라 맘마**!
이탈리어로 된 엽서들. 모든 게 괜찮다고, 자기에게 돈과
식료품 한 상자, 토스트, 담배들을 보내주어야 한다고.
3월 그는 이제 고나르스***에서 쓰고, 그의 옆에는
더 많은 소포를 받는 주트로 신문 편집자의 아들이
있다. 그가 삼촌을 돕는다. 비공식적인 경로로 들여오던
슬로베니아어로 된 얇은 신문들. 그는 자신에게 온 콩으로
만든 콩가루를 칭찬한다. 그리고 배들을. 배들은 내가
1965년 그 위에 앉았던, 우물 뒤의 배나무에서 땄던 걸까?
나는 무릎 위에 하얀 토끼 한 마리를 안고 있고, 옆에는
나이가 더 많은 소년이 내 어깨를 쥔 채 토끼가 바닥에
떨어지지 않도록 지켜본다. 제발, 좀 더 길게, 더 자세히
써 주세요. 여기는 네가 있는 곳과 똑같단다. 우리는 종종
브르다의 산 쪽에서 화염을 봐. 세월이 내 피로한 몸을
통과해 간다. 너는 내 가슴팍에 걸터앉았다. 티비에서 나오는
푸르스름한 반사광으로 빛나며 내 위에 몸을 바짝 붙인 채,
온통 젖어 있다, 너에게서 떨어지는 땀방울들, 내 얼굴과
입 위로. 여름용 반바지들과 치약이 필요할 것 같아요.
그리고 담배도 잊지 마세요. 드라바 담배로요! 아직 여름은
멀다. 우물 뒤에서 닭들이 쪼며 돌아다닌다. 나는 너에게서
땀방울을 닦아 낸다. 마치 네가 우는 느낌이다. 넌 절대
끝마치지 않을 것처럼 보인다. 밤에, 밖에서 끔찍한 굉음이
들릴 것만 같다. 폭발이. 천천히. 천천히. 몰티 스투덴티
파르티라노 아 카사, 이오 논 소 시 벤고****. 군대들이
해산되면 새로운 부대가 꾸려져요. 항상 새로운 부대가 있죠.
그리고 저는요? 여기, 어둠 속에서, 영웅들에게 주어지는
행운도 없이. 전 이 엽서에 무엇을 적어야 할까요. 아니면
소포로 뭘 보내야 할까요. 그는 해안 지역의 숲 어딘가에서
1943년 11월 사살되었다. 종전 후, 국경 너머에서, 나의　　14

할아버지가 부질없이 그를 파냈지만, 그는 국경을 넘을 수 없었다, 그래서 그들은 돌아와 다시 그를 묻어야 했다.

* 모니고는 제2차 세계 대전 중 민간인 포로(주로 슬로베니아인과 크로아티아인)를 겨냥해 개소했던 포로수용소였다. 이탈리아 트레비소 시내 외곽에 있는 모니고에 위치해 있었다. 1942년에서 1943년 사이 운영되었다.

** 이탈리아어로 '사랑하는 어머니'라는 뜻.

*** 고나르스 집단 수용소는 1942년 2월 23일, 이탈리아 고나르스 근처에 세워졌다. 대부분의 수용자들은 오늘날의 슬로베니아와 크로아티아 출신이었다.

**** 이탈리아어로 '많은 학생들이 집으로 갈 건데, 저도 갈런지는 모르겠어요.'의 뜻.

수 킬로미터를 이어지고 또 이어지는 볼품없고 초라한
건물들은 아마도 취향이 결여된 결과이리라 — 무엇에
대한 취향이든. 구멍이 숭숭 난 도로들, 성당마다 무릎을
꿇고 기도하는 지독히도 아름다운 소년들, 노후한 건물에
커다랗게 새겨진 글씨: 주님의 도우심. 그들이 내게 무엇을
제공해줄 수 있지? 땅이 열리며 이 세상의 추함이라도
삼켜줄 수 있나? 아니면 모든 아름다움이 내 주위로
펼쳐지게 할 수 있나? 외교관 집안의 아들, 세상을 떠돌다 온
너는 지금 너의 지저분한 쓰레기 더미에 완전히 만족한다.
내 어찌 너의 평정을 부러워하지 않을 수 있으랴? 혁명이
들어선 적 없는 이 방 주위, 맹독성 뱀들의 냄새. 교차로의
소년들은 동전 몇 닢을 위해 저글링을 하거나 저녁에 술에
취해 내 곁에 드러누워 내 무릎에서 잠이 든다. 아마도
이것은 평화로운 순서, 신경과민의 서양으로부터 멀리
떨어져, 입맞춤과 마체테* 칼의 일격 사이 어딘가의 한 단계.

** 정글도. 정글이나 산림에서 낫처럼 벌초 등을 할 때 쓰는 도구. (편집 주)*

뜨거운 7월의 밤, 네 대의 적기가 류블랴나 습지로
추락했다. 피격된 비행기들은 진흙을 파고들었고,
아침 무렵에는 분명 깊은 곳으로 가라앉았다. 갓 생긴
흔적들만이 남았다. 뒤이어 영웅적인 군인들을 위한
높은 훈장들. 지구는 핵무기들로부터 몸을 웅크렸다.
사바강의 강둑은 늘어져 긴 모래 해변이 되었고, 강물은
바다로 퍼져 나갔고, 잔물결들은 넓은 파도들로 솟아올라
몸들을 씻어 내고, 수영객들에게 따뜻한 부드러움을
실어 왔다. 그 뒤틀린 시기에 나는 1967년 수영을
배웠던 파쟈나*에서 사바의 열대 조수 속으로 뛰어든다.
반대편 강둑에서 흑인 소년 한 명이 내게로 다가오고,
내 팔을 당겨 내 허리께를 붙든다. 푸지네**의 공동주택
건물들이 무너지고 있고, 전차 궤도들이 파리의 아치에
모인 군중들을 가로질러 누워 있고, 그는 나를 물속으로
당긴다, 내게 키스를 해 주려고, 레이더들이 우리의 혀를
탐지할 수 없는 곳에서, 완전히 부드럽고, 눈에 띄지 않는
키스를, 세계가 전환되는 대소동 속에서. 강 건너 돌고래
두 마리, 산산조각 난 도시의 개 두 마리, 혹은 그저
두 개의 묘비.

** 크로아티아의 이스트리아 서부 해안에 있는 동네.*

*** 아파트 건물들이 많은 것으로 알려진 류블랴나의 주거 구역.*

매 세기마다 혁명을 위한 숱한 투쟁, 숱한 죽음들이 있었다,
그리고 수많은 벽돌들이 놓였다. 그리고 희망도. 그저
나중에 배반당할. 그렇게 해서 이미 죽은 지 오래인 신들이
되살아나고, 사람들이 새로운 족쇄를 차라고. 게다가 거기
날 위한 뭐가 남아 있나? 조그맣고 황폐화된 나라, 부패하고
숨 막히는. 세계 어디에 형제도 없고. 짝도 없다. 그들은
나에게 온갖 성자들을 제공한다. 그리고 기록할 수 있는
권리를, 그 일이 어떻게 날 병들게 하고, 병들게 하고, 병들게
하는지에 대해. 그들로 하여금 박물관에서 단두대를 끌고 와
그 백 년 묵은 장치에 기름칠을 하게 하라, 그러면 장치들은
머리를 벨 수 있고 그 머리들은 우리에게 자유를 주려고
언덕을 굴러 내려올 것이다, 그저 입바른 말이 아닌 숨 쉬고,
살아 있는 자유를.

쿠바에서 온 연인들. 하룻밤을 위한 연인들. 몸들이
서로를 허겁지겁 삼키며 결코 떨어지지 않을 것처럼
보이는 시간. 보통 혁명은 모든 성적인 금기들을
폐지했다. 하지만 길게 가지는 않았다. 여기서 그들은
금기를 유지하려고 열심히 애써 왔지만, 팽팽한 근육들은
언제나 길을 찾아낸다. 서로의 근육을 만나기 위해,
열정적인 키스와 희열로 합쳐지기 위해. 거리의 연인들,
끊임없이 안고, 만지고, 쓰다듬고, 그래서 근처 공동주택
건물들의 발코니에서는 호색한들이 휘파람을 불고,
자신들의 성기를 더듬으며, 욕을 내뱉는다, 너는 그들에게
가운뎃손가락을 보여주고, 연인들은 웃는다, 뜨겁고
무더운 오후, 이제 너는 내 손을 네 티셔츠 밑의 살결로
이끈다, 피부는 떨리고, 온통 땀에 젖었고, 고동친다,
갈증과 허기로, 그리고 너는 내 입을 빨아들인다. 물에
빠진 사람처럼, 하룻밤을 위한 연인.

85년 3월 나는 그날 밤도 생 오노레 가에 있는 클럽 HT
주변을 맴돌며 보낸다. 내가 한 번도 능숙해진 적 없는.
이 모든 불가해한 매혹의 언어, 우리는 체르노빌 재난에
가까워지고 있나 혹은 동구권의 첫 붕괴에? 자본의 환영과도
같은 승리에? 곧 아침이고 나는 피곤해져 이미 떠날
작정이었지만, 누군가 내게 무언가를 보내고 있다는 걸
느낀다. 내 손을 잡으러 왔던 마르티니크* 출신 소년의 활짝
웃는 미소. 그 누구도 내 몸 위에서 그렇게 취했던 적이
없었다. 당시는 폭탄의 위험이 한창 현재형이었다. 각 건물
앞에는 무장한 남자들이 있었다. 나는 나를 아플 때까지
빨아들이는 그의 모든 격렬한 열정을 느꼈다. 27년 뒤,
난 여전히 그의 피부를 잊지 못한 채, 아바나 인근 미 카이토
해변의 모래 위에 앉아 있다. 아마도 똑같이 치명적인
삼각관계 안에. 하지만 이미 훨씬 덜 간절하다. 물 위에
뜬 소년들이 내게 미소를 던진다, 언제든 기쁨을 받아들일
준비가 된 채로. 너는 소금기 있는 물방울들을 내게 튀기며
이미 내 곁에 와 있고, 그 까무잡잡한 손으로 날 구속한다.
나는 마치 과거로 빠져드는 것 같다. 고삐 풀린 욕망이 너와
나를 압도하고, 장엄하고 자유롭게, 우리를 던진다. 파도
너머로, 모래와 길, 잔디 위로, 버스와 술집들로— 그 끔찍한
주인, 우리는 서로의 눈을 들여다본다, 그 노예들을, 수십 년,
수 세기, 수천 년 동안.

* 카리브해에 있는 프랑스령. (편집 주)

우리는 버스를 탔다. 끔찍하게 덥고, 너는 아직 나를
끌어안고 있다. 2012년 5월 27일. 너는 계속 나를
쳐다보며 키스한다. 난 마치 네가 보호소에서 데려온 작은
개가 된 기분이다. 집으로 가고 있는. 모든 게 아찔하다.
그러다 며칠 뒤에 어느 길가에다 버릴 수도 있겠지.
아직은 사실이 아니기에 나는 행복하다. 너는 아직
내 목을 토닥이고, 나는 너에게 내가 탁아소에 있던 때에
대한 모든 이야기를 해줄 수 있다. 내가 이 세상에 너보다
33년 일찍, 우리를 바닷가로 안내하는 이 길로부터
수천 킬로미터 떨어진 곳에 도착했다는 것을. 나는 네게
모든 이야기를 해줄 수 있다, 너는 아무것도 이해하지
못하고 내 개의 언어를 이해할 사람은 주위에 없기에.
어떻게 내가 나의 첫 소년과 사랑에 빠졌던 것이 그토록
일렀던지. 적어도 난 그렇게 생각했다. 왜냐하면 그때는
몰랐고, 그저 나를 탁아소에서 데려가 줄 누군가를
찾고 있었기에. 그리고 나는 사랑이 무엇인지를 몰랐다.
그리고, 내 사랑, 나는 여전히 그것이 무언지 모른다. 나는
그저 반짝이는 눈으로 너를 지켜보며 너를 사로잡기 위한
소리들을 낸다. 이건 끔찍이도 슬픈 버스 여행, 눈부시게
파란 바다 옆으로, 모든 걸 혼동하다 버려진 개의 여행.
너는 새로운 장난감에 무척 기뻐한다. 그리고 나는
네 옆에 눕고 싶으면 문 앞에서 기다려야 한다. 이것은
정말 끔찍이도 슬픈 여행. 나는 생각한다, 언젠가 가뿐히
어둠 속으로 들어가 사라지리라고.

2001년 6월, 나는 한 카페에 입장하는 것이 허용되지 않았다,
호모라는 이유로. 개가 된 느낌이었다. 더러운 존재. 그들은
나를 신문으로, 티비들로 끌고 다니며 내가 그럴 만한
존재라는 걸 내게 알려 주었다. 그들은 권력이었다. 게다가
시장은 온갖 곳에다 음란한 호모들에 대한 경고문을
붙였다. 유럽의 한복판에서 하나의 국가라는 환상은 마침내
산산조각이 났다. 나는 죄책감을 느꼈다. 나의 순진함
때문에 이 산산조각이 가능했다는 죄책감을. 나는 당국에게
보상으로 얼마를 청구해야 할까? 그 수십 년의 온갖 학대에
대해. 위협에 대해. 누가 나에게 사과라도 한 적 있나?
강간범을 거세라도 시켰나? 혹시 내가 동네 이곳저곳에다
무차별 총격이라도 가하면 도움이 될까? 얼마나 많은
시민들이 죽어야 할까, 그렇게 해서·아주 작은 나라,
그 이름값을 하는 나라만 남기려면? 개인들의 전쟁이
문을 두드리고 있다. 겸허해진 채. 그들은 잃을 게 없다.
보안 요원은 그들을 막아설 수 없다. 레이더들은 그들을
추적할 수 없다. 오랜 멍들이 열리며 불을 뿜고, 원자력 비를
흩뿌린다. 우리에게 무고한 희생자란 없다. 더 이상 침묵을
위한 공간은 없다.

내가 어릴 적, 사람들은 일주일에 한 번씩 불 위에다
물을 데웠다. 부엌 한가운데에 놓인 양동이에 더운물을
붓고 찬물을 약간 넣었다. 그리고 나를 넣었다. 씻기기
위해. 어른들이 내 몸을 말리는 동안, 같은 물은 사촌이
썼다. 그는 알아서 씻었고 양동이 안으로 들어가지도
않았다. 그는 훨씬 나이가 많았다. 덩치도 컸고. 이것이
내가 곧 학생 운동을 했던 이유이다. 사람들은 나에게
운동은 위험하다고 말했다. 우리는 집에 머물러야 한다고.
혁명은 피하라고. 내가 충분히 나이를 먹자, 더 이상
혁명은 없었다. 그저 약간의 서투른 행진들만. 이것이
내가 저항에 대한 스케치들을 그리기 시작한 이유이다.
스케치들은 뚜렷하지 않았고, 누군가에게 거의 이해받은
적이 없었다. 나는 내 주위의 원시적인 세상에 대해
저항하기 시작했다. 같은 양동이는 선지 소시지를 만들기
위해, 피가 섞인 반죽들을 준비하는 데 쓰였던 것 같다.
그들은 도축업자를 불렀고, 그가 더러운 일을 맡았다.
아마도 이것이 내 번뜩이는 잔인성이 시작된 곳일
것이다. 그것들은 이따금씩 잠깐 동안 찾아든다. 여전히
씻어 낼 것들이 남은 것처럼 보일 때. 물로. 혹은 피로.
혹은 어휘로.

며칠째 나는 어떻게 열다섯 살짜리 소년이 1월에 마천루에서 몸을 던졌는지에 대해 묘사할 말들을 찾았다. 말들은 심연으로의 다른 추락들과 뒤섞이며, 내 머릿속에서 웅성였다. 그는 시내버스 위로 떨어졌다. 지붕에의 무딘 충격. 이건 급진적 반항인 걸까? 난 스스로 물었다. 나는 세상에 대항해 무엇을 할 수 있을까? 세상을 내 의식에서 지워버리기 위해? 내 자신을 세상에서 지워버리기 위해? 나는 결국 그 말들을 찾지 못했다. 이것은 존재하지 않는 텍스트에 대한 텍스트이다. 불가능한 텍스트. 나는 도중에 뉴스를 듣고 말았다. 두 달 뒤 그의 형제가 기차 밑으로 뛰어들었다는. 그의 14번째 생일날, 이른 아침, 아직 해도 뜨지 않았다. 어떻게 한 사람이 세상에 염증을 느끼는 데 필요한 시간이 불과 몇 년인 것인지. 마천루를 지날 때, 그 위로 올라가 볼 엄두가 안 난다. 하루에도 몇 번씩 철로를 건너지만 멈출 엄두를 못 낸다. 나는 헛되이 익명의 자살 클럽들을 찾았다. 회원들은 서로의 조력자가 되곤 했다. 누군가 망설이던 그 결정적인 순간에. 지붕 위에서. 밧줄 위에서. 총을 쏘기 직전에. 사람을 욕조에서 잠들게 해 익사케 만드는 중독성 액체. 사람들은 서로를 돕곤 했다. 모든 게 한결 쉬웠다. 세상으로부터 걸어 나올 때 당신은 혼자가 아니다. 나는 이 사람들이 제각각 기념비를 가져야 한다고 쓰고 싶었다. 아니면 최소한 기념 명판이라도. 하지만 그 텍스트는 도중에 멈췄다.

88년 여름은 길고 지쳤다. 나는 그 여름을 매일 기록했다.
그리고 내 자신을 점점 더 파괴했다. 결혼 생활은 끝나
갔고, 내 나라도 끝나 갔다. 비록 후자는 내게 아주
중요한 것일 수 없었지만, 나는 우리가 회의나 위원회에
가는 일에 대해 겨우 언급했고, 6월 8일 시위에서 내가
낭독했던 일에 대해서는 언급할 생각조차 하지 않았다.
모든 것이 우리 주위만을 맴돌았다. 혹은, 그녀의 주위를.
아마 그 사건은 길게 이어져 온 서로에 대한 고문의
끝을 예고하는 일이었던 것 같다. 그녀가 5월 1일,
도로를 벗어나 차를 박살내 버린 일. 자유와 독립에 대한
시위자들의 요구는 그녀의 요구들과 일치했다. 갑자기
나는 그녀가 결코 만족한 적이 없었다는 걸 깨달았다.
내가 몸을 빼는 동안 — 언제나처럼. 나는 이렇게 썼다:
나는 가능한 한 고요히 있고 싶다, 멀리, 어떻게든, 마치
거의 존재하지 않았던 것처럼. 수천 디나르를 얻는 게
무슨 도움이 되었을까. 그 수천은 무가치했다. 게다가
우리가 뒤로한 숱한 날들? 그날들도 무가치했다. 나는
내 자신을 할머니의 낡은 집 안에 닫아걸고, *도둑 일기**를
번역했다. 역사는 나를 지나쳐 갔다. 깨어났을 때, 나는
혼자였다. 얼마 후에는 또 다시 나라 없는 신세가 되었다.
1년 뒤 우리는 우리가 함께 전시 대피소에 있는 걸
알게 되었다.

** 프랑스 작가 장 주네(Jean Genet)의 자전 소설.*

대부분 나는 남자들이 그저 나와 섹스를 하기 위해 데이트를
한다고 느꼈다, 마치 굶주린 개가 뼈다귀를 기다리듯 그것을
기다리며, 섹스를 위한 구멍을 빼면 나와 함께 있는 것을
가치 있게 해 줄 만한 게 아무것도 없는 느낌으로... —
우리의 프랑스 식민지. 모두들 어딘가에서 자기 자리를 잡고,
무언가를 찾아야 했던 시절. 80년대 중반. 우리는 대기실에
서 있었다, 비자와 허가를 기다리며. 우리는 기차 안
객실에서 객실로 이동하거나 통로에 앉았다. 유고슬라비아로
들어가고 돌아 나오던 그 길. 우리 한 무리 전체가 있었다.
모두가 혼자의 힘으로. *지젝** 역시. j. 는 흙으로 너무 큰
불사조를 만드는 바람에 가마에 맞지 않았다. 잘라서
두 조각으로 구워야 했다. 그런 다음 다시 조립했다. 그녀는
이 작업을 무서워했다. 갈라진 배관들. 눈. 파리인 특유의
비참. 자본주의와의 첫 조우들. 수천 가지의 가능성들과
함께. 희망이 태어나던 곳으로 돌아가는 하나의 루트와 함께.
나중에 사람들은 그 루트를 취소했다. 그건 더 이상 의미가
없었다.

* *Slavoj Žižek. 슬로베니아 출신의 철학자, 비판 이론가.*

*고르바초프*의 도착을 위한 모든 것이 준비되었다.
대로들은 말끔해졌고, 경찰들이 나무들보다 많았다. 너는
너의 행복한 둥지를 위해 나뭇가지를 모으느라 분주하다.
아주 여러 번 넋이 나갔다가, 밤이면 우리 집에서
마무리한다. 만족을 얻기 위해 — 그러고 나서 울기 위해.
너는 무너지는 벽들과 함께 지그재그로 나아가고, 자녀가
태어나고, 국가들이 태어난다. 희생자들은 고통받는다.
사반세기가 지난 지금 우리*는 함께 맥주를 마시고,
환상은 남아 있지 않다. 아이들은 떠났고, 결혼 생활은
끝났고, 계획들은 틀어졌다. 너는 함께 살 남자 한 명을
찾아냈다. 우리는 더 이상 서로를 집어삼키지 않고,
마침내 자유롭게 숨 쉴 수 있다, 헐떡이지 않고. 우리는
두 개의 다른 세계에서 왔고 이제 함께 하나의 세계에
있다 — 가라앉는 세계에. 왠지 우리는 과거만큼 많이
마실 수는 없는 듯하지만, 술을 훨씬 더 즐긴다.

** 이 시는 슬로베니아 문법인 듀얼(dual)로 쓰였다. '우리'는 '그와 그녀'가 아닌, 남성 파트너와의 관계를 뜻한다. (편집 주)*

다소 어색한 일이다, 이처럼 과거를 뒤적이는 것. 오래된
사진과 편지들, 메모들, 신문 스크랩 주변을 옮겨 다니는 것.
왜냐하면 모든 게 너무나 변함없어 보이기 때문이다.
어렸을 적, 나는 사람들을 "무지하고, 자기만족적이라며,
섬세함이 결여된, 땅 냄새 나지 않는 모든 것을 경멸한다고."
비난했다. 이제 하나 더 덧붙일 수 있다 — 얼간이스러움을.
사그라드는 것은 그저 이런 것들에 대한 내 흥분뿐이다.
a.가 그의 팔을 흔들며 "그건 그냥 이 유고슬라비아식의
좆된 현실이야."라고 말할 때 그 현실은 거대했다 —
저 바르다르*까지. '우리의 바다'라고 하면 나는 지금도
저 남쪽까지의 해안을 떠올린다. 피할 길이 없다.
그가 한 모든 말 중에 되새길 수 없었던 것은 다음과 같은
말뿐이었다. 부탁인데, 유고슬라비아 류블랴나에서 xx날
5.35에 태어난 여성을 위한 별자리표 좀 주문해 주세요.
갤러리 데샹에서, 아스트로플래시 사에서 나온 것으로요 —
8페이지가 있을 거예요. 접히지 않게 해 주시고요. 저한테
보내 주세요. 돈은 드릴게요.

* 마케도니아와 그리스를 통과해 흐르는 큰 강.

어릴 적, 나는 타일을 바른 난로 안으로 기어들었다.
할아버지는 반죽을 준비했고, 나는 그것으로 갈라진
곳들을 메웠다. 안 그러면 방이 연기로 가득 찰지 몰랐다.
또는 질식할 수도 있었다. 그 일은 내가 맡고 있던 중요
임무였다. 나는 우리 가족의 병리에 대해서는 전혀
몰랐다. 스무 살, 예비군 훈련 중에 나는 당신에게 매일
편지를 썼지만, 내내 내 얘기만 했다. 당신은 실제로
당신의 부친에 대해 불평했고, 그는 실제로 당신의 신경을
곤두세웠고, 당신은 그의 키스를 역겨워했다. 그러나
나는 꼭 당신의 얘기를 듣지 않았던 것만 같다. 뭐랄까
그 모든 걸 밀쳐 내고, 눈을 감아 버렸던 것처럼, 당신의
병리에 대해 귀조차 막아 버렸던 것처럼. 나는 언제나
내 자신이 두려웠다, 내가 그 모든 걸 파 올린다 해서
내게 좋을 게 뭘까? 장애는 한 세대에서 다른 세대로
전달되기만 할뿐이다. 이제 나는 그 갈라진 틈들을 메우기
위해 무엇을 사용해야 할까? 우리는 무슨 이유로 예비군
훈련의 일부로 전시 방공호들을 지었던 걸까?

나의 아빠는 엽서들에만 존재한다. 내가 태어나기 2년도 더
전에 그는 스톡홀름에서 쓴다. 먼저 집으로, 그 다음 엄마의
일터였던 시슈카 극장으로. 엄마의 부모님은 확실히 그를
좋아하지 않았다. 나중에는 그가 결혼을 하지 않고, 엄마가
임신하자 더더욱 싫어했다. 그는 자다르, 베오그라드에서
1년하고도 반, 군 의무 복무를 했다. 그 사이 배가 나온
엄마도 부모의 비위 맞추기를 그만두었다. 그래서 이사를
해야 했다. 류블랴나로, 어느 판잣집으로. 내가 태어나자,
그 작은 원룸형 공동주택에서 엄마가 아기를 키우는 것을
허가받을 방법은 없었다. 나는 탁아소로 보내졌다. 몇 년
동안이었을까? 군 복무를 마친 아빠는 몇몇 사진들에
모습을 보이는데, 그 속의 나는 벌써 설 수 있다. 혹은
첫 걸음을 떼는 걸까? 그리고 아빠는 다시 한 번 엽서들에
등장한다. 폴란드, 체코슬로바키아, 서독에서 온. 내가
여덟 살이 될 무렵에도 그는 여전히 주장한다. 내가 멀리
있어 우리에게 모든 게 더 나은 걸지도 몰라. 그 무렵 내
유일한 기억은 그를 본 것이다. 엄마가 날 데리고 아버지를
만나러 리오라는 식당에 간다. 그 후로 모든 게 우리를 위해
나아지지 않았다. 나는 다시는 그를 보지 못했다. 그는 엽서
보내는 일도 중단했다. 그저 돈만, 규칙적으로, 법에 따른 듯
보인다, 내 학업이 끝날 때까지 계속. 내가 세 살 때 엄마가
아팠다. 병원에 입원했다. 엄마는 더 이상 매일 탁아소에
올 수 없었고, 날 데리고 산책을 할 수도 없었다. 예전에
그랬던 것처럼. 다른 엄마들이 그랬던 것처럼. 할아버지가
누그러져 나를 들인 것이 그때였다. 몇 년 전 모친을 잃은
내 사촌을 들였듯이. 나는 학교에 갈 무렵에야 도시에 있는
엄마에게로 돌아갔다. 그 사이 엄마는 이사를 했다, 판잣집
거주민으로 살던 이들을 위해 지어진 공동주택 건물로.
시골의 환경은 도시의 녀석들로 뒤바뀌었고, 거기에 판자촌
사람들, 노동자들, 쁘띠 부르주아들, 부르주아 식충, 교회
민달팽이들까지. 그들은 내 머리에 무척이나 혼란을 일으켜
나는 내 방으로 후퇴했다. 나는 가능한 한 빨리 엽서들을

모으기 시작했다, 누군가에게서 온, 모두에게로부터 온.

하나씩 하나씩 나는 세 편의 이야기를 손에 쥔다.
아일린 마일즈, 조엘 헤스피**, 프란츠 함메르바허***.*
내 손가락들에 들러붙는 내 삶의 조각들로서. 작업과 섹스, 전쟁에 대한. 마지막 것은 내 신경을 가장 거스르고, 난 신체적으로 견딜 수가 없다. 하지만 거기에 있다, 어느 곳에나 그 무기들과 함께 온통 음울하게. 아일린은 낭독을 하며 독일을 돌아다니다 괴테의 집으로 안내받는다. 그녀는 정원에서 소변을 보는데, 어디에도 화장실이 없거나 아니면 물어보는 게 불편하다는 걸 알았기 때문이다. 나를 지나쳐 가는 이 모든 사랑들. 왜냐하면 나는 내 자신을 멈출 수 없기에. 그리고 그들이 내 시들과 사랑에 빠져 있기에. 게다가 그 사실과 섹스 사이의 격차는 거대하다. 그것이 모든 관계들이 가학 피학적인 놀이인 이유이다. 나는 밧줄로 네 손목을 묶고 싶다. 네 위에 뜨거운 밀랍을 떨어뜨리고 싶다. 왜냐하면 너는 내 편지에 답장할 수 없으니까. 왜냐하면 너는 내게 순종하며 올 수 없으니까. 그리고 말하라, 너는 날 사랑한다고. 나는 남자들로부터 이야기들을 털어내고 싶다. 그리고 철도역 앞에서 소년들 모두를 그들의 바지로부터 털어내고 싶다, 그렇게 해서 무릎을 꿇고 내게로 기어오도록. 나는 가장 어린 이 가운데 가장 아름다운 이에게 글 쓰는 법에 대한 교육을 시작하고 싶다.

** Eileen Myles. 미국의 시인, 소설가, 논픽션 작가.*

*** Joël Hespey. 1971년 논쟁적인 작품 『S.M.』을 발표했던 퀴어 작가.*

**** Franz Hammerbacher. 오스트리아의 작가, 편집자. 평화 유지군으로 활동.*

67년 여름. 사람들은 아이였던 우리를 해변으로 보냈다.
내가 더 이상 물을 무서워하지 않아 수영을 시작하던
무렵이었다. 선생님은 매일 저녁 카모마일 차를 만들어
주셨다. 화장실에서, 나는 몰래, 내 쉬야를 시원한 차 안에
담갔다. 나는 부끄러움을 느꼈다. 조금 이르게, 병원에서,
내 포피가 너무 조여서 잘라냈다. 그렇게 해서 몇 년 뒤
옆집 한 소년이 그걸 행복하게 밀어 올리고 내리라고.
그러나 그때는 그게 따끔했다. 난 어떤 종류의 두려움을
헤쳐 와야 했을까. 아이들이 내 바지를 내내 벗기던
그 온갖 통과의례 이후에. 카모마일의 향기는 내 몸을
부식시켜 버렸다. 내 다리 사이에 놓였던 그 모든 머리들은
그걸 느꼈을까? 그 포피 위를 누르던 그 모든 입술들도?
그게 그들을 끌어들였던 것이었을까?

내가 태어난 지 두 달 뒤 류블랴나의 전차가 마지막 운행을 했다. 밝은 미래의 근시안적인 건설자들 때문에. 그리고 체 게바라와 반군이 산타클라라를 침공했다. 나는 그 음울하고 작은 거리들을 마음 놓고 걸었다, 날 산 채로 집어삼키던 한 남자 친구로부터 풀려난 채로. 1년 뒤 스위스인들은 여성이 투표할 권리와 관련한 국민 투표에서 반대표를 던졌다. 반면 나는 숨 쉴 권리를 부여 받았다. 나는 지구상의 3천만 명의 사람들 가운데 한 명이었다. 기억들은 다섯 살 때부터 시작된다, 그 무렵 스코페에 지진이 있었고, *존 케네디*가 총에 맞고 *에디트 피아프*가 죽었다. 나는 근심 없는 시골 생활의 마지막 몇 달을 즐겼다, 그 뒤에 류블랴나 녀석이 되었고, 사회주의 교육 체계 안으로 통합되었다. 팽팽한 우주 경쟁이 시작되었고, 교사 동지들은 우리에게 베트남 전쟁과 비아프라의 기아에 대해 가르쳤다. 우리는 원조금을 모았고, 68년에 그들은 *로버트 케네디*를 쏘았다. 나는 어느 상점에서 그 소식을 들었고, 우리 모두는 그의 인생에 전율했다. 이제 프라하의 봄이 오고, 내 사촌은 학생 폭동과 관련해 경고를 받고, 이듬해 스톤월에서 유명한 항쟁들이 일어나지만, 나는 그에 대해 훨씬 뒤에야 알게 되었다. 대신 나는 다른 이들과 티비 화면 앞에 모였다. 첫 인류가 달에 발을 디뎠을 때. 그리고 *샤론 테이트*의 소름끼치는 살인범에 대해 모든 걸 알았다. 내 사촌이 나를 음악으로 감염시키고, 나는 *지미 헨드릭스*와 *재니스 조플린*, *짐 모리슨*이 떠나가자 슬퍼한다, 그러나 내가 가장 펄펄 뛴 것은 그룹 *잭슨 파이브*의 노래 *abc*로, 그 그룹의 노래하는 어린애가 나와 동갑이다. 엄마가 딸을 하나 낳고, 가족은 팽창하는 반면, 나는 가족을 점점 덜 좋아하게 된다. 이제 차로 할머니 댁에 갈 수 있게 된 것만 빼면, 나는 할머니댁을 규칙적으로 방문한다. 나는 반에서 가장 키가 작고 급우들과 사랑에 빠진다, 그들에 대한 시들, 내가 특이하다는 게 모두에게 확연해진다. 열네 살 때 붉은 군대 당파의 회원들이 감금된다, 디스코 음악이 꽃을 피우고,

나는 *조안 바에즈*의 콘서트가 열리는 비엔나로, 그룹
*예스*를 보러 뮌헨으로 힘겹게 간다. 그들이 *파졸리니*를
살해할 때, 나는 이미 한 소년과 키스를 했다. 그리고 76년
*비스콘티*가 죽을 때, 난 이미 그의 모든 영화를 알았다.
*베니스에서의 죽음*을 열 번 째 읽은 상태이고 내 급우에게
나의 사랑을 고백한 상태였다. 그리고 세상이 뒤집힌다.
여자 친구 한 명이 친구 이상이 되고, 내게 아들이 생기고,
*카르델리*가 죽을 무렵 우리는 이미 결혼한 상태다.
1980년 *티토*가 죽고, 가을에는 할아버지도 돌아가신다.
— 내 어린 시절의 유일한 남성. 나는 시를 발표하고
번역하고 공부하고, 내 아이를 차에 태워 주고, 오랜 시간
아내와 함께 세계와 사회, 정치에 대해 곰곰이 생각한다.
— 그리고 우리는 그 전부를 바꾸고 싶어 한다. 차례차례
전쟁이 일어난다, 아프가니스탄, 레바논, 포클랜드, 이란,
이라크. 사라예보가 동계 올림픽 경기들을 주최하던 해에,
러시아인들은 테트리스 게임을 발명하고 인디라 간디가
암살되고, 미셸 푸코가 사망한다, 우리의 평화롭던 가족의
삶도 무너진다. 나는 파리행 열차와 집으로 돌아오는
열차를 타고, 동유럽에서 열린 첫 호모섹슈얼 문화 축제에
간다. 나는 파리 게이 퍼레이드에서 참석자 5000명 속을
걷는다. 나는 파리의 내 방으로 남자 친구들을 데려오고
한 마르티니크 인에게서 열정적인 사랑을 발견한다,
온전히 자신을 위해 나를 원하던 사람. 최소 3년간
삶은 그녀와 그 사이에 격정적으로 붙잡혔고, 나는
체르노빌의 핵 재난에 대해 거의 기록하지 못한다, 그의
소유욕이 바닥까지 날 되돌려 놓을 때까지, 나는 다시
끓기 시작하는 일상으로 되돌아온다, 대안적인 유형들은
민족주의자들로 대체되고, 색깔들은 흐릿해지고, 우리
모두는 더 커다란 자유를 요구하지만 자유를 다른
방식들로 상상한다. 1988년 페레스트로이카가 시작된다,
소비에트 연방과 내 나라에서: 4인 재판*, 저항 모임과
긴 논쟁들, 약탈자와 독수리들이 끼어든다. *도둑 일기*를

옮기고 있을 때, 내 결혼은 결국 파국을 맞고, 나는 게이
활동가가 된다. 동유럽의 공산주의 체제들은 도미노처럼
무너지고, 내 나라에서는 정당들이 꽃을 피우고 우리
역시, 로자 클럽**을 설립한다, 하나의 익살극, 아이러니
혹은 비현실적인 꿈으로서. 90년 나는 혼란스럽지만,
세계 보건 기구의 조례에 의해 더 이상 정신병자가 아니다,
나는 슬로베니아 평화 선언***을 지지하고 그 선언은
슬로베니아의 비무장화를 요구하지만, 군사 로비들은
훨씬 강력하고, 정치인들의 손은 더 탐욕스럽고, 이제
유고슬라비아 전쟁들이 시작된다.

** 유고슬라비아의 일부였던 슬로베니아의 군사 법원에서 열렸던 정치 재판. 유고슬라비아 인민군에 비판적인 기사를 발행했던 네 명에 대해 열렸다. 그들이 구속되던 날, 인권보호위원회가 설립되고, 이는 소위 말하는 슬로베니아 봄의 시작으로 여겨진다. 그것은 궁극적으로 슬로베니아 독립 선언으로 이어지게 되는 민주주의, 민족주의 운동이었다.*

*** 슬로베니아에서 1990년 설립된, 게이와 레즈비언들을 위한 독립 정치 조직.*

**** 1991년 2월에 발표된 평화 선언은 슬로베니아를 비무장지대로 변화시키기 위한 슬로베니아 국민의 의지를 표현했다.*

몽 셰리, 몽 두두*, 85년 4월 새벽 5시 드라마가
시작된 이래, 내 가족이란 세계와 나의 성, 내 언어를
뿌리까지 뒤흔들었던. 어떻게 하면 30년이 지난 지금
너의 몸을 느낄 수 있을까, 너의 피부, 너의 냄새, 마치
나를 질식이라도 시키고 싶은 듯 꼭 붙어 누웠던 밤을.
그리고 난 너의 미소를 본다. 그리고 너의 분노를 본다,
나를 힘으로 굴복시키길 원할 때. 난 처음으로 누군가의
진정한 욕망의 대상이 된 걸 느낀다. 어찌나 과한지 아플
지경이다. 내 몸이 그의 몸과 분리되기를 원치 않을 때면.
6월에 나는 유고슬라비아로 돌아간다. 그의 티셔츠를
가져간다, 그렇게 하면 조금이라도 더 오래 그의 냄새를
곁에 둘 수 있으니까. 나는 한 양동이의 눈물을 쏟는다.
그는 나를 비난하고, 나를 지키려고 싸우기 시작한다.
전화 통화, 편지들. 그리고 이처럼 두 몸이 찢어지는
일은 여러 해 계속된다. 나는 그를 만나러 기차를 탄다.
그는 나를 만나러 기차를 타고. 독립을 위한 항쟁이
과델루프에서 발생한다. 그는 내가 아내를 떠나 자기에게
올 것을 요구한다. 빌뇌브, 안느마쓰, 피란, 류블랴나,
파리, 몽트뢰유. 시, 새로운 시들, 오로지 그에 대한.
그는 나를 마르티니크에 데려간 적도 없고, 자기 아들을
소개해 준 적도 없다. 나는 그가 지독히 고통받게 내버려
둔다. 나는 내 자신도 지독하게 고문했다. 12월 나는
군대에 가게 된다. 그는 나를 미친 듯 사랑하고, 나 없이는
지낼 수 없다. 그는 1년간 떨어지는 것을 두려워한다.
나는 병에 걸리고, 알약을 삼키고, 정신과 의사를
만난다. 하지만 단 3개월 만에 다시 그와 함께하게 된다.
이것은 그 어떤 마약보다도 나쁘다. 그리고 이 마약과
함께한 전쟁은 무자비하게 계속된다. 그는 거짓말하고,
위협하고, 공갈하고, 내 목에 칼을 들이대지만 그런 다음
황홀경에 사로잡혀 날 안아 준다. 우리는 같이 사진을

* 프랑스어 애칭들.

찍지 않았다. 아마 사진들도 우리의 행복을 포착하지는
못했으리라. 혹은 절망도. 이제 우리는 독립을 얻었다.
전쟁은 끝났고, 우리는 각자 자기가 속한 세상에서 새로이
시작했다. 그때 같은 에너지는 다시 없었다.

어느 축제에 시의 저녁이 있었다. 나는 초대를 수락한 걸
즉시 후회했다. 왜냐하면 사람들 앞에서 낭독을 한다는 게
완전 무의미한 이 나라에서는, 다들 그저 음료나 기다리지
시를 신경도 안 쓰기 때문이다. 게다가 평소 그들은
나를 마을 댄스파티에 초대하지 않는다. 나는 첫 순서로
낭독하도록 되어 있었는데, 아마도 청중이 미처 모이지
않을 것 같았거나, 그렇게 하면 다들 끄트머리에는
모든 걸 잊을 것 같았기 때문인 듯했다. 나는 혼란스런
기분으로 빳빳한 목과 붉은 뺨들, 기름진 머리칼들 앞에
섰다. 의자들 사이에는 몇몇 제멋대로인 악한들까지. 이제
나는 앙심을 품은 채 섹스에 대해 낭독한다. 시가 그들을
질식시키도록 내버려 둔다. 행사의 끝에 청중에게는
항상 시인에게 질문을 하거나 그들의 고견들을 말하거나
논평할 기회가 주어진다. 그리고 말할 것도 없이 악당
같은 녀석 하나가 있었다, 내 아들일 수도 있었을, 그가
나를 빤히 보며 이렇게 물었다: 왜 당신은 시에서 당신의
게이 정체성을 그토록 강조하죠, 그걸 빼면 당신은
아름다운 시를 쓰는데 말이죠, 이게 독자로서 저를
짜증나게 하는 점이에요. 나는 대충 이런 식으로 무언가를
웅얼거렸다: 그럼 다른 누군가의 시들을 읽어야죠,
위궤양을 얻지 않으려면. 그러나 나는 속으로 끓었다.
내가 무언가를 강조한다고? 나는 기억할 수 있기에,
내 자신에 대해 써 왔고, 내 이야기를 써 왔다. 나는
30년째 차별에 대해 말해 왔고, 내 인생 전체를 희생해
왔다, 그저 나와 우리 게이들 모두가 더 편해지도록, 나는
가족과 연인, 해외에서의 삶, 계관 시인으로서의 경력,
상과 상금의 수상자, 모든 것을 희생해 왔다, 그런데
이 녀석이 지금 나한테 왜 누가 무언가를 강조할 필요가
있냐고 묻고 있다니! 그 모든 게 헛되었던 것처럼 보여
나는 분노한다. 이 모든 걸 표현하는 건 부질없다. 대신
나는 신선한 공기를 좀 쐬러 갔다, 축제에서 멀찍이
떨어진 곳으로.

1996년 5월, 교황의 류블랴나 방문. 쥐들과 위선자들을 위한
역사적인 순간. 호전적인 활동가들, 그것이 바로 그때의
우리였기에, 우리는 행사를 위한 포스터들을 인쇄했다:
로자 클럽은 성스러운 아버지의 도착을 환영합니다.
그 위에는 커다랗고 노란 레몬이 그려져 있었다. 우리는
다른 포스터도 찍었다, 다가온 봄을 위해. 포스터 업체는
그것이 불온하다는 걸 발견하지 못했다. 하지만 우리가
방문 전날 포스터들을 붙이는 바람에, 당국은 잘 준비했다.
대열에게 포스터와 현수막을 흔들고 싶어 했지만, 경찰은
우리가 철도 굴다리를 통해 티토의 거리로 이동하도록
내버려 두지 않았다. 그것이 그들의 민주주의였다. 우리는
어찌 됐든 잘 놀았다. 우리는 그들을 꽤나 예술적으로
속였다. 바닥까지 몸을 조아린 황무지 국가에서. 끝나고
난 뒤 우리는 아침까지 춤을 추었다. 화장실들은 계속
들어찼고, 신음 소리가 들려왔다, 그때만큼 음탕한 적이
없었다.

나는 전통적인 가족을 일부라도 느껴본 적이 없다.
그 안에 있기를 그리워했던 것은 말할 것도 없고. 가족은
정말이지 내 삶에 전혀, 이미지로조차 나타난 적이
없었다. 나는 이번엔 여기, 다음엔 저기에서 자란
사생아였다. 엄마가 남편감을 찾게 되어 일종의 가족
같은 걸 꾸리기 시작한 뒤로, 나는 신경 쇠약을 경험했다.
어찌나 심했던지 이 사회의 세포가 폭발해 버렸을 만큼.
내 여자 친구가 일종의 현대적인 공동체에 대한 비전들을
떠올렸을 때 나는 그것이 흥미롭다는 걸 발견했다. 우리는
남성-여성으로 된 세계를 초월하는 일에 대해 의논하며
수백 시간을 보냈다. 나는 내 애인들을 참여시켰고 —
그러고 나자 그 모든 게 허세였음이 드러났다. 훗날
*모든 사랑은 똑같이 아름답다*는 등의 슬로건을 내 건
프로젝트들은 나를 끔찍이도 역겹게 했다. 마치 다들
멋지고, 품위 있고, 선하길 바랐던 것처럼. 그들이,
자신들이 주장했던 대로, 새로운 사회를 찬양하는 동안,
나는 술과 약물과 섹스에 뒹굴었고, 신경을 안 쓸 수가
없었다, 그들이 공중으로 불어 놓은 비눗방울들을 완전히
경멸했다. 나는 가족을 만들지 않았다. 국가도. 꿈같은
비눗방울 하나조차도.

맨 처음 어느 테크노 파티에 갔을 때, 나는 즉시 *슈톡하우젠*을 생각했다. 이 일렉트로니카는 오랫동안 내 안에 있었다. 그리고 엑스터시를 했을 때 나는 아주 미친 듯이 사랑에 빠졌고, 그렇게 사랑에 빠지는 것이 가능하다는 것조차 몰랐다. 우리는 몇 시간째 몸을 더듬었고, 군중들은 희미해졌고, 우리 밑의 땅이 열렸다, 우리는 항상 어떻게든 우리의 길을 찾아냈다. 세자나, k4, 노바 고리차, 이졸라, 초원 한 가운데의 댄스 플로어들, 뮌헨으로의 긴 드라이브, 그리고 버스 한 대 분량의 취한 사람들, 그들은 국경을 넘기 전 남은 것들을 모조리 삼켰다. 우리의 열중은 밤새 쇠퇴했고, 약의 효과도 줄어들었다. 점점, 점점 더 불량배들이 파티에 끼어들었고, 거기에는 사랑이 남아있지 않았다. 싸움, 때로는 칼부림, 총으로 위협하는 녀석들, 깨어진 우정, 더 이상 그런 시간을 가질 수 없었던 이들의 자살, 일상생활로의 퇴장, 모든 게 신선하고 새로웠던 과거로 날아가려는 절실한 시도들. 몸이 이 모든 걸 받아들일 수 있었던 때. 몸이 아직 사랑에 열려 있었던 때.

마라톤 낭독이 있었다. 그저 슬로베니아 시의 역사에
흔한 그런 이정표. 나는 복잡한 무대 뒤를 감독하도록
되어 있었지만, 혼란을 초래한 편에 더 가까웠다. 태양과
달들이 내게로 다가왔다, 길가의 먼지, 너의 눈동자,
내 생각에 섹스나 피에 대한 언급은 없었다. 우리 중
일부는 약을 했고 그게 진행의 리듬을 더더욱 느리게
만들었다. 어느 검은 머리칼의 소년이 입술을 깨물며
우아하게 돌아다녔다. 나는 그가 무대에 오르도록
도와야 했고 그의 유연한 몸을 느꼈다. 그가 돌아왔을
때는, 거의 쓰러질 지경이었다. 그는 서성이며 나를
쳐다보았다, 우린 많은 시간이 필요치 않았고, 같은 약에
취해 있었다. 이런 얘기는 정말이지 아마 어떤 이에게는
조금도 관심사가 아닐 것이다. 하지만 나는 그걸 적어
두어야겠다, 그 일은 내가 죽도록 지루해했던 온갖 종류의
낭독회라는 찌꺼기로부터 기어 나와야 한다. 이번에는
내가 아니었다. 그가 나를 팔과 눈으로 더듬었고, 우리는
무대 위의 누군가가 비명처럼 자신의 시를 낭독하고
모두의 갈채를 받는 동안 키스를 나누었다. 시의 밤은
계속되었다. 아침까지, 그리고 훨씬 더 길게.

어느 저녁 학교에서 집으로 돌아오던 날을 기억한다. 그날은 오후반이었고, 나는 열 살이나 열 하나였지만, 작고 왜소했다. 어떤 남자가 나를 멈춰 세우더니 내가 누구인지 어디로 가는지를 물었다. 왜 나는 겁을 먹었던 걸까, 뭘 느꼈던 걸까, 제대로 설명도 못하고? 그 사건은 집에 와 모든 걸 자세히 얘기해야 할 만큼 강렬했고 사람들의 걱정 어린 질문은 내 반응을 정당화해 주었다. 오늘날까지 기억하게 할 만큼 충분히 강렬했다. 그리고 다양한 다른 장면들, 죄다 어떤 식으로든 소년들의 가랑이와 연결된. 왜냐하면 남자애들은 가랑이에 매우 집요하게 몰두했기 때문이다. 반면 나는 몽상에 빠져 있었고, 그들의 눈을 들여다보며 거기에 빠져드는 걸 더 좋아했다. 8학년 때 난 넷이 아니면, 세 명의 급우와 빠졌다. 그리고 나의 주문은 *제임스 테일러*의 노래 *너에게는 친구가 생겼어*였다. 나는 그 노래를 무한히 들으며 이 소년들에 대해 생각했다, 첫 번째 애, 그 다음 애. 나는 사정할 때까지 침대에 몸을 문질렀지만, 그 애들과 이걸 할 수는 없었다. 몇 년 더 전에 반에서 누군가 내게 말하기를, 자기 걸 만져야 한다기에, 실제로 그렇게 했는데, 그만큼 난 순진했다. 그 애의 고추를 손가락으로 잡자, 흥분되면서도 불쾌했다. 이 모든 사내다운 상스러움은 내 취향이 아니었지만, 나는 여전히 그들의 팔과 다리, 그들이 내가 지나갈 때면 보내던 그 모든 경박한 눈길을 갈망했다, 왜냐하면 그들 역시, 아마도 느꼈을 것이기 때문이다. 어떤 식으로든 내가 여느 소년은 아니라는 것을.

열여섯 살에 나는 이미 학교에서 가장 열성적인
시인이었다. 문예지의 편집자였고 첫 여자 친구를
사귀었다. 우리는 키스를 하거나 손만 잡았다. 그러다
n.이 나타났는데, 그 역시 시를 썼고, 좀 더 바다에 태양이
잠기는 스타일의 시였다. 그는 키가 무척 컸고, 길고 윤기
나는 머리칼에 수염을 길렀다. 그건 내가 그에게서 특히나
싫어했던 점이었다. 우리는 어찌 됐든 함께 어울렸고,
거의 눈에 띄지 않게 내 여자 친구가 그의 손으로 옮겨
갔다. 여름에 우리는 다 같이 해변에 있는 그녀의 집으로
놀러 갔다. 의심할 여지 없이 우리는 이미 약과 술로 취해
올랐다. 유난히 기분이 좋았는데, 왜냐하면 그가 나를
무척이나 세심하게 대했기 때문이다. 마치 날 신경 써
주는 듯. 또 나를 많이 만졌다. 우리가 피란*의 성탑에서
밤을 보낸 것이 아마 그때였을 것이다, 그곳에서 나는
여러 시간 시를 토해 냈다. 그는 날 안은 채 잠들었고
나는 무척이나 안전하다고 느꼈다. 우리가 서로의
생식기를 맛보았던 것은 그때였고 그는 내가 키스한
첫 소년이었다.

* 슬로베니아 해안에 있는 작은 휴양지.

고작 열다섯 살도 안 되었을 때다, v.와 내가 늘상 학생 캠퍼스에 있는 *더 베이스먼트*에 다녔을 때. 그 모든 밤들을 향해, 포크에서 우주 음악까지. 아니면 우리는 인근 아파트 건물에 있는 그녀의 방에서 어울렸고, 거기에서 음반들을 들었다. 우아하게 돌아다니며. 학교 음악 시간에, 나는 *핑크 플로이드*를 틀었고, 그 애는 *제네시스*를 틀었다. 아마 다들 우리가 완전 미쳤다고 생각했을 것이다. 게다가 우린 어찌나 모든 것들을 경멸했던지. 어느 날은 그룹 *베트르니카*가 연 *더 베이스먼트*의 실험적인 퍼포먼스에 갔다. 청중이 거의 없어, 넷 혹은 다섯 명뿐이었다. 아니면 아예 그렇게 의도된 것이었다. 우리는 어두운 방으로 들어가 원 같은 것을 이루었는데, v.는 멀찍이 다른 쪽에 있었다. 각각의 배우가 청중의 한 사람을 특정한 다음 알아서 뭔가를 하는 것 같았다. 거기에 어떤 텍스트가 있었는지는 모르겠다. 거기에는 소리들과 움직임, 내 앞의 수염 기른 소년의 몸짓이 있었고, 그는 그렇게 나와 친밀감을 형성했다. 나는 떨기 시작했다. 우리는 서로를 손가락과 팔로 만졌고, 그의 의도들이 뭐였든 간에 나는 내가 늘 검은 머리칼과 아름다운 눈을 가진 내 급우에게 갈망했던 에로틱한 친밀감을 느꼈다. 나는 이 배우가 나를 육체적으로 뒤흔드는 동안, 그 애와 사랑에 빠졌다. v.도 비슷한 경험을 했던 건지는 모르겠지만 우리는 조용히 집으로 걸어왔다. 다음 번 학교에서의 체육 시간, 모두들 줄을 서 있을 때, 나는 나의 소년을 옆에서 껴안았다. 그건 끝내줬다, 그 애의 까무잡잡한 피부를 내 어깨로 느끼는 것.

첫 키스 이후 20년이 넘은 지금 나는 훨씬 더 감상적이다. t.와 나는 극장에 앉아 영화 *보이즈 온 더 사이드*를 본다. 우리는 준비를 잘해서 왔지만, 분명 충분했던 것 같지는 않다. 여배우 중 한 명이 t.와 같은 병을 앓았고, 그때는 나 역시 그 병을 앓을 것 같았다. 물론, 여배우는 죽는다. 눈물이 우리의 뺨을 타고 흐른다. 우리는 드라마의 한 가운데, 영화가 아닌 진짜 삶의 드라마 속에 있고, 우리의 드라마는 그때까지 내내 계속되며 우리 목 주위의 올가미를 조여 온다. 그리고 이곳에서 드라마는 화면 가득 다가온다. 너는 내 손을 꽉 쥔다. 그리고 어떻게든 우리는 살아남는다. 밤길을 걷는 동안 우리는 바닥을 본다. 아마도 우리의 붉어진 눈을 감추기 위해. 공원의 한 가운데, 안마당 앞에서 너는 갑자기 더 이상 감당하지 못해 커다랗게 흐느끼기 시작한다. 우리는 벤치에 앉고 너는 내 어깨에 기대어 운다. 너는 떨고 나도 너와 함께 떤다. 영화는 끝났지만, 죽음이란 질문과 겨루는 우리의 매일의 전투는 끝나지 않았다. 그건 계속해서 여기에 있다, 우리 사이에. 그건 우리가 사랑을 나눌 때 가장 많이 여기에 있다. 우리가 세게 껴안을 때, 마치 마지막이라는 듯이. 하지만 그건 완전히 다른 이야기이다.

76년 봄. 모든 것이 굉장한 에너지로 펼쳐졌다. 우리는 진짜
축제를 준비했고, 지하층에는 가끔 디스코텍으로 쓰이는
클럽까지 갖추었다. 나는 j.가 주위에 있다고 가정한 채, 가장
감상에 빠진 음악에도 춤을 추었다. 나는 계속해서 그 애를
쳐다보았다. 게다가 여기는 우리가 나의 긴 시를 무대에
올린 곳이다. 우리는 대개 테이프 녹음기로, 온갖 것들을
녹음했다. j.와 나는 밤에 우리 집 부엌에서 음악을 골랐다.
그러다 그 애가 화장실에 가고 싶어 했을 때 문고리가
망가졌다. 우리는 밖으로 나갈 수가 없어 밤새 우리집
부엌에 갇혔고, 대본 작업을 하는 것 말고는 선택지가
없었다. 우리는 공원에서 나뭇가지들을 약간 끌고 와
클럽에다 숲을 만들었다. 나는 j.가 참석할 거라 믿지 않았다.
나는 계속해서 그 애를 내 눈앞에 붙잡아 두었다. 수업 때
그 애는 내 두 줄 앞에 앉았지만, 비스듬해서, 그 옆모습을
몇 시간이고 지켜볼 수 있었다. 이따금 그 애는 살짝
뒤돌아보며 내게 시선을 던지곤 했다. 아니면 손과 머리를
의자에 얹은 채 내 쪽으로 몸을 돌려 나를 지켜보았다.
이런 식으로 우리는 꼼짝하지 않았고, 열기가 내 몸을 가득
채우며 뱃속은 따끔거렸다, 우리는 절대로 키스하지 않을
두 명의 간절한 연인들 같았다. 혹은 그렇지 않을지도.
한 번은 그 애가 잔뜩 취하고, 나는 조금 덜 취했을 때 내가
그 애에게 키스를 했다. 모두가 그걸 보았다. 하지만 우리는
계속 내 퍼포먼스를 진행했다. 그리고 축제를. 우리, 네 명의
작가들은 그때 정점에 있었다. 경쟁하지 않았고, 그보다는
서로에게 힘을 실어 주었다. 어떻게 우린 그 모든 한계들
너머로 옮겨 온 것인지. 우리는 베로나로 가는 열차를
탔지만, 나는 j.를 잊을 수 없었다. 내가 키스했던, 언젠가
내가 등을 부드럽게 쓰다듬어 주었던, 그리고 나는 무척이나
그 애에게 안겨 잠들고 싶었다.

수년간 나는 손에 성자를 쥔 채 잠을 잤다. 혹은 베개 밑에 넣고. 그는 교회와 상관이 없었고, 우리가 정말 즐겨보던 티비 시리즈들과도 무관했다. 그는 작은 조각상으로, 아마 5센티미터 정도에, 투명하고 노르스름한 유리로 되어 있었다. 군인처럼 보이기도 하고 기사 같기도 했는데 다리 한쪽이 없었다. 나는 그가 어디에서 왔는지 몰랐고, 원래 두 다리가 있기는 했는지도 몰랐다. 낮 동안에는 그를 밝은 곳에 두어야 했고, 그러면 어둠 속에서 빛이 났다. 내가 그를 성자라 부른 건 이 후광 때문이었다. 그는 내가 가장 좋아하는 장난감이었고, 실은 장난감이 아니라 수호천사였다. 나는 세상에서 완전 혼자이고 나의 성자가 나를 보호해 주는 것처럼 보였다. 매일 밤 그는 내 손 안에서 빛났고 나는 두렵지가 않았다. 집 주변에는 불빛이 없었고, 그래서 밤은 칠흑 같았다. 화장실이라도 가야 하면 그가 내 길을 비춰 주었다. 그는 무척이나 밝아 심지어 담요 밑에서 그 빛으로 책을 읽을 수 있었다. 그러다 어느 날 나는 나의 성자를 잃어 버렸다. 그리고 밤은 지새기 어려운 것이 되었다.

85년 2월, 나는 벌써 쿨이란 단어를 쓴다. 또한 게이라는
단어도. 나는 내내 디스코텍에서 어울려 보내며 밤새
춤을 춘다. 나는 키 작은 브르타뉴인에게 키스한다, 그는
6살 연하로, 나보다 키가 작다. 질. 그에게는 남자 친구가
있었는데 차 사고로 죽었다. 나를 무척이나 정중하게 대한다.
나는 그를 내 침대로 이끌고, 그는 거의 나를 만지지도
못한다. 그는 단단한 몸을 지녔고, 나와 완전히 사랑에 빠져
있다. 세 번째 데이트에서 그는 우리가 함께 살아야 한다고
제안한다. 나는 그의 눈을 바라보며 키스한다. 그가 8월에
유고슬라비아에서 내게 합류하겠다고 말한다. 그러고 나서
사라진다. 그리고 다시 전화한다. 나는 때때로 내 환경을
바꾸길 꿈꾼다, 나라를 바꾸고, 언제나 이동하며, 한 군데에
머무르지 않기. 우리는 잘 되지 않는다. 그는 전화하고 나는
듣는다. 그의 힌트들은 전달되지 않는다. 클럽에서의 검사와
공원의 경찰 단속이 점점 더 흔해진다. 에이즈 히스테리아가
어두운 방들을 밝혀 놓고, 이제 포르노가 방송된다. 질은
벤치 한가운데에 앉아 있다. 그의 얼굴이 피곤해 보인다.

b.와 나는 보부르 반대편에 있던 유고슬라브 문화센터에서 굳이 문학 낭독회를 열고 싶지 않았다. 슬로베니아인인 건방진 젊은 대표 감독은 계속 행사를 연기했다. 하지만 우리는 미술 전시장에 모여 와인을 홀짝였다. *키슈**는 프랑스인과 프랑스 문화에 대해 그의 냉소적인 말들을 나누고 있었고, 그동안 나는 이 시인 저 시인 사이를 돌아다녔다. 그들은 다들 자신의 자아 둘레를 맴돌았다. 모두들 내게 자신들의 책을 주었고, 참을성 없게 번역을 기다렸다. 나는 그 책들을 내 가련한 방의 흔들리는 책상을 받치는 데 썼고, 그 방으로 남자 친구들을 들였다. 에릭 역시 사이코패스였다. 나는 정확히 36시간을 그와 보냈다. 그는 나를 교외 어딘가에 있는 자기 집으로 데려갔다. 그는 22살이었고 심리학을 공부했다. 우울해했으며, 말을 많이 하지 않았고, 얼굴을 씰룩였는데, 왼손에는 흉터가 있었다, 마치 손목을 그은 듯. 그에게는 책이 많았고 알약도 많았다. 또 혼잣말을 했다. 자는 동안, 마치 그의 삶이 달린 듯 나를 꼭 붙잡았다. 나는 그에게 셀 수 없이 많은 질문을 했지만, 그는 대답하지 않았다. 그저 날 지켜보기만 했다. 그리고 나는 개의치 않았다. 우리는 다시 차로 파리의 미술 전시장, 유리잔이 쨍쨍거리는 한가운데로 왔고, 그는 가장 아름다운 예술이었다.

* *Danilo Kiš (1935~1989). 유고슬라비아의 소설가, 에세이스트, 번역가.*

나는 내 자신을 삼십 년 전의 어느 시점에 가져다 놓았다.
이미 그때, 나는 얼마나 내 시들이 지나치게 고양된 듯
보이는지, 절망했다. 나는 시들을 아래로 끌어내리고 싶었다.
지금도 나는 그러려고 애쓴다. 나는 하루하루를 헤쳐 나간다.
지하철과 극장들, 공원들을 지나 달리고, 마침내 첫 남자
친구들을 사귄다, 내 호르몬은 날뛰고, 나는 그들의 옷을
벗기는 걸 즐긴다, 그들이 내 손가락에 무력하게 굴복할 때,
쾌락으로 신음할 때, 미치도록 그립다며 내게 편지를 쓸 때,
내가 그들의 마음을 아프게 했고 나 없이 지낼 수 없다고
할 때, 나는 그것을 즐긴다, 그리고 내 작은 방에서 운다,
숨을 베개로 틀어막으며, 왜냐하면 벽들은 얇고 너무 크게
흐느끼면 안 되니까. 이윽고 j.-c.와 r.이 나를 진정시키러
온다, j.-c.는 흔들거리는 침대 위에서 춤을 추고, 우리를
웃기겠다며 옷을 벗고 그의 단단한 성기를 흔든다, 전화가
울리지만 나는 받지 않는다, 왜냐하면 그건 분명 내가
자신을 충분히 사랑하지 않는다고 비난할 누군가일 테니까.
우리는 밤으로 뛰어든다, 미친 듯이, 밤 그리고 또 밤, 세월이
쏜살같이 흐른다, 다시 돌아가야 할 필요가 없을 만큼 길게,
아내와 아들이 집에서 나를 기다린다, 나라와 군대, 회색
도시와 검은 미래가. 그리고 내가 이 모든 걸 통과하고 나자,
시계 바늘들이 30년 앞으로 움직인다, 내가 더 이상 미래에
대해 생각하지 않고, 과거만 생각하는 때로. 나는 또 다시
집으로 돌아가고 있고, 이제 다른 이들이 나를 기다린다,
또 다른 국가, 또 다른 군대가.

스무 살도 안 되었을 때, 나는 다소 혼란스럽게 아들의
출산을 앞두게 된다. 그러나 결심한다, 어쨌든, 비록
세계는 이미 점점 더 비우호적으로, 적대적으로
변하는 것처럼 보였지만. 누가 내게 그렇게 하라고
가르쳤는지는 모르지만, 나는 내 시들을 모아 인지를
발급받고, 인쇄소를 찾고, 인쇄 작업에 돈을 내고, 내 손에
내 진짜 첫 책의 부수 전체를 쥐게 된다. 나는 류블랴나
이곳저곳의 서점마다 다니며, 판매용 책들을 납품하고,
모든 장부를 기록하고, 예술위원회 로비에 매대를
세워 책들을 판다. 물론 아주 소수만이 뭔가를 산다.
나는 내 자신이 미쳤다 생각지 않는다. 나는 그 시들을
못 구했다, 오늘날까지도. 세상의 다른 쪽에서 사람들은
모든 희망을 접었다. 무언가가 충돌하기 시작했다.
짐 존스는 그의 추종자들을 이끌고 가이아나로 간다,
일종의 공산주의 공동체를 세우기 위해. 그는 적대적인
음모들로 사람들을 공포에 떨게 하고, 요원들이 그들을
붙잡아 그들의 자녀를 파시스트로 키울 거라고 한다.
비인도적인 세계에 대한 저항, 그리고 유일한 해결책은
혁명적인 자살이다. 900명 이상이 시안화물을 마신다,
자발적으로 혹은 총으로 위협을 받고, 밀림 한가운데에서,
아이들과 함께. 내가 여기, 내 책과 함께, 세상의 이쪽에
있는 동안, 그런 상황은 몇 년 만에 뒤바뀔 것이다.

내가 태어나자마자 이모는 곧장 세례식에 데려갔다. 그녀는
내게 새 이름을 지어 주었고, 그 이름은 영영 내 모든
친지들의 입에 붙어 버렸다. 하지만 내 신성한 접촉은
그 첫 이름으로도 두 번째 이름으로도 지속되지 않았다.
내가 교구에다 내 이름을 등록부에서 지워달라고 요청하는
편지를 쓴 것은 오랜 세월이 지나고 나서였다. 나는 처리가
되었다는 공식적인 답변과 함께, 내가 교회의 품을 떠날
수는 있어도 하느님의 품으로부터는 떠날 수는 없다는
답변을 받았다. 나는 섹스한 뒤 매번 기도하던 한 사내를
알았다. 그는 자신의 침대 옆에 작게 축소한 제대를
놓아두고, 우리가 기쁨에 탐닉하는 동안 촛불을 켜 두었다.
절정에 이르렀을 때 그는 비명을 질렀다: 주여, 주여! 누가
알랴, 그의 머릿속에 무슨 일이 일어났지, 그가 본 것이
자신을 굽어본 나였는지 혹은 천사였는지. 아마 그는 나를
내 세 번째 이름으로 불렀던 것 같다. 매달 그는 고해하러
갔다. 그 뒤에는 신부에게 굴복했다. 그들이 지르던 비명이
뭐였는지 나는 모른다. 의심할 여지 없이 그들은 일을
마친 뒤 함께 기도했다. 때때로 그는 내게 말했다. 자신의
영혼은 천국에 갈 거라고. 그는 슬퍼했는데 그렇게 되면
나와 헤어지게 될 것이기 때문이었다. 그것이 그가 서두르지
않던 이유였다. 그동안 나는 내 몸에서 계속 밀랍을
긁어내야 했다.

2013년 8월 23일. 나는 힘겹게 병원 건물로 향하는 비탈을
오른다. 나는 복도들을 따라간다. 매 걸음이 1년이다.
크고 낯선 머리, 대머리에, 다소 괴물 같은 미소. 기쁨에서
나온. 그것은 소름끼친다. 나는 그 머리를 지켜보며
그 안의 너를 알아본다. 너의 입술 사이에는 빛나는
이빨 하나 없다. 너의 반쪽만이 있다. 그리고 이것이
내 마음을 무척 움직인다. 나는 너의 손을 잡는다. 마치
어디에 눈을 둘지 몰랐다는 듯이. 이것이 삶이 진행되는
방식이다. 한 걸음 한 걸음. 나는 신선한 공기를 쐬러 나갈
핑계로 내 개를 활용한다. 아마도 네 현재의 이미지와
거리를 두기 위해. 돌아와서 나는 너와 좀 더 이야기를
한다. 심지어 말하다 보니 내 자신의 말을 믿게 된다,
우린 함께 공원을 걸으러 가고 나무들 사이에 앉아있을
거라고, 가을 낙엽들이 우리 위로 부드럽게 떨어질
거라고. 네가 내 개의 머리를 토닥이면, 개는 울부짖은
다음 뭔가를 웅얼거릴 거라고. 5일 뒤, 한밤중에, 나는
네가 죽었다는 부고를 받는다. 네가 너의 곤경으로부터
탈출했다고. 우리에게 너의 추억들과 너의 생각들만을
남겼다고. 우리는 너의 주소와 전화번호와 메시지들을
지울 거라고. 그럼에도 우리는 너를 세상으로 끌고 다니며
너를 불러내어 너에게 무언가 묻기를 원할 거라고. 반면
너는 우리에 대해, 우리의 외로움과 우리의 공포에 대해
모르겠지. 이것이 삶의 이미지가 될 것이다. 반면에 너는
우리에 대해서는 신경 쓰지 않는 죽음의 이미지가 될
것이다. 나는 젊은 피부, 부드러운 입술을 껴안는다, 나는
너의 거대한 머리와 거리를 두기 위해 고통을 느끼고
싶다, 나를 보고 이상하게 웃는 머리, 나를 공포로 채우는
머리와.

차례

해제

'밤은 길고 잠은 오지 않는'* 시간의 시

남웅

문화 평론가

소수자난민인권네트워크, HIV/AIDS인권활동가네트워크,

행동하는성소수자인권연대 활동가

『시시한 말』(2003, 이하 '시')과 『끝나지 않는 혁명의 스케치』 (2013, 이하 '혁명'), 발행 연도가 다른 브라네 모제티치의 두 시집에는 '섹스'와 '혁명'이 주요 키워드로 떠오른다. 시구들을 더듬으며 그의 자전적 시를 다시 읽을 실마리를 찾는 이 글은, 시시한 오늘을 조망하는 스케치이기도 할 것이다.

그는 혁명이 '모든 성적인 금기들을 폐지했다'(혁명 19)고 말한다. 그리고 혁명은 길게 가지 않았다고 곧장 쓴다. 여기에는 유고슬라비아 사회주의 연방 공화국 몰락 이후 국가를 분할하며 전쟁과 내전이 이어지고, 혼자 숨어들 공간마저 박탈당한 시간이 배경으로 드리운다. 대안이라 불리던 이들은 국수주의자로 변모하거나 대체되고, 그들은 우리가 요구한 커다란 자유를 다른 방식으로 펼친다.(혁명 34~36) 소비 자본주의와 긍정적인 삶에 대한 자기계발서(시 20)가 쏟아져 나오지만, '불꽃들은 사라졌고, 주변부는 무너져'가는 시절(혁명 12)은 영구적으로 진행 중일지도 모른다.

'주위의 모든 것이 불필요하고 중요치 않은'(혁명 13) 외계인이 되어가는 '유고슬라비아식의 좆된 현실'(혁명 28)은 거대하게 찾아온다. 하여 그는 '추억들로 후퇴한다.'(혁명 13) 혁명은 사라지고 '약간의 서투른 행진들'만 남은 시절, 시인은 아무도 찾을 수 없는 자리를 찾아 사랑을 나눴다. '레이더들이 우리의 혀를 탐지할 수 없는 곳'에서 우리는 '두 마리 돌고래'이거나 '산산조각난 도시의 두 마리 개'가 되거나 그냥

* 시시한 말, 52쪽

'두 개의 묘비'로 남는다.(혁명 17) 하지만 과거 역시 호락호락하지 않다. 여기에는 사랑스러운 경치 속에 군사 훈련 수업을 들으면서도 디스코를 들었던 복잡한 시간이 있다.(혁명 13) 욕망하는 그들에게는 언제라도 폭력에 점철된 군대와 가부장, 국가의 상흔이 드리운 '남자의 냄새', '남자들의 세계'(시 7)가 흡착되어 있다. 당신을 생각하려 하지만 그리움과 애틋함만으로 점철되지 않는다. '단 한 번의 촉감도 기억나지 않'지만 '단 한 번의 촉감에 겁을 먹는'(시 9) 타인을 향한 애증과 추억의 위험은 수집의 강박으로 우회하기도 한다. 엽서에만 존재하는 아버지처럼, 엽서 바깥의 세계가 우리를 위해 나아지기는커녕 혼란을 일으켜 결국 방으로 후퇴하여 되는대로 엽서를 모으는(혁명 30~31) 호더의 삶처럼 말이다.

성적 금기로 취급된 이들은 고립될 수밖에 없고, '개인들의 전쟁'에서 '침묵의 공간'(혁명 22)을 찾는 것은 더없이 어렵다. 아니, 고통스러운 기억을 잊고 싶지만, 방에는 소란 속에 방치된 '무시무시한 침묵과 더 무시무시한 어둠'(시 60) 뿐이다. 설령 침묵과 어둠 속에서 사랑하더라도 '우리가 나올 때, 우리는 서로를 모르는'(시 22) 사이여야 한다. 레이더망 바깥에, 우리가 숨을 수 있는 공간과 멀지 않은 곳에는 우리를 호모라 부르며 조롱하고 괴롭히는 이들이 포위하여 언제고 숨겨 둔 칼을 휘두를 수 있기 때문이다. 당신이 '한 더미의 고기'(시 36)라면, 나는 당신이 '며칠 뒤 어느 길가에 버릴' 보호소의 작은 개(혁명 21)라고 시인은 쓴다.

시절이 변했고 혁명은 미완성일지라도 금기로 점철된 성적 실천까지 사라지지는 않는다. 경찰의 조롱과 감시, 에이즈 히스테리아가 지나간 자리에는 섹스와 약물이 저변에 놓인다. 세상의 끝 류블랴나에서의 무기력한 삶과 고통, 모든 부정적인 힘들이 농축(시 48)된 가운데 시인은 혁명을 꿈꾸지 않을지언정 '여전히,

그 모든 건 섹스'(시 31)라고 쓴다. '섹스를 위한 구멍을 빼면 나와 함께 있는 것을 가치 있게 해 줄 만한 게 아무것도 없는 느낌'(혁명 26)을 말하는 문장에서 그래도 섹스가 당신을 지탱시켰다는 마음을 읽는다. 하지만 그것마저 희박해진다면, 불가능에 가깝거나 욕구가 사라진 섹스, 에너지 없는 섹스, 섹스 없는 섹스의 시대에 시는 어떻게 쓰일까. 약에 의존하거나 섹스에 대해서는 완전히 잊어 버린 채 완전히 성불구가 된 이들(시 35)의 시는 어떻게 쓰이고 있을까.

'모든 게 신선하고 새로웠던 과거로 날아가려는 절실한 시도들'(혁명 42)이 계속되지만, 땅이 열리던 그 시간은 취약한 영토 위에 금세 불량배들에 잠식당한 과거로 남을 뿐이다. 전쟁도 군사적 긴장감도 사라지지 않은 채 한데 섞인 지금, '미사일들이 하늘을 밝히'는 동안 나는 가슴과 손을 찌르고 성기를 꿰뚫는다.(시 15) 자해와 마조히즘적 스킨십은 어둠 속에 택할 수 있는 주체적인 선택이다. 그것은 불안 속에 충족되지 않는 마음을 달래는, 최후로 개입할 수 있는 행위이기도 하다.

그런 중에도 끝없이 배경으로 밀려나는 것들이 있다. 한 손에 미국 현대 게이 시선집을 들지만, 그들의 역사는 그의 것이 아니며 당연히 그는 그들 가운데 없다. 수백 명의 사람을 거리로 모으는 데 성공한 적 없는 나라에서(시 53), '자신의 자아 둘레를 맴돌았'(혁명 51)던 이들 사이에서 그는 자신 역시 다르지 않다는 데 절망한다. '또 다른 국가, 또 다른 군대'가 기다리는 가운데 과거만 생각하는 지금(혁명 52), 시는 거리의 저항과 정치의 실패만큼 미끄러지는 섹스를 말한다. 시인은 군사와 경찰이 통제하는 중에도 혀로 그의 피부를 살펴보기(시 21)를 멈추지 않으면서도 사람들을 피하고 그들이 없는 장소를 찾는다.

두 시집에서 우리는 성 소수자임을 각인해 온 시인을 둘러싼 대기, 그 속에서 내쉰 호흡을 음미할 수 있다. 성 소수자라는 정체성은 모멸이고 계속해서 확인시키며 설명하고 화내야 하는 무엇이다. 30년째 차별에 대해 말해

왔고, 인생 전체를 희생해 온(혁명 39) 시인의 언어는 자신과 같은 사람들에게도 이해받지 못한다. '게이 시라는 느끼한 제목'(시 54)을 위악적으로 들이대 사람들로부터 스스로 소외하기를 자처한 그는, 또 다른 소외를 그가 욕망하는 사내들의 게임에서 느낀다. 시간과 경쟁하는 게이 남성들 속에서 나이 들어가는 시인은 '최악의 시선은 내게 던질 게 명확'(시 44)하다고 쓰면서, 환영받는 대상에서 제외된 일개 늙은 시인의 위치를 자조한다.

그런 점에 『끝나지 않는 혁명의 스케치』가 10년 전 쓰인 시집과 변별하며 음미하게 만드는 감수성은 체념과 관조였다. 설령 '가라앉는 세계'일지라도(혁명 27) 그는 시간과의 경쟁에서 패했음을 담담하게 인정하고 진흙탕 위에서 '여전히 씻어 낼 것들이 남은 것처럼 보일 때'(혁명 23)를 찾는다. '끊임없이 그들의 생각이 아닌 말을 쫓는 이들' 속에서(시 47), 사방에서 쏟아져 들어오는 혼돈의 세상에 있으면서도 시인은 견디고 관찰하기를 자임한다.

시인은 우리의 세상이 한밤중에 산산조각으로 무너져 내릴지라도 전쟁은 없을 거라고(시 36) 말한다. 하지만 그가 시집을 내고 각각 20년과 10년이 지난 지금 독자들은 여전히 전쟁이 진행 중인 세계, 낮과 밤을 가리지 않고 무너져 내리는 지금을 살고 있다. 그의 문장을 빌린다면 차라리 우리가 살아가는 오늘은 '비인도적인 세계', 서로가 서로에게 이해되거나 신경 쓰지 않는 삶과 죽음의 이미지가 되는 세계(혁명 56), 하여 '유일한 해결책은 혁명적인 자살'(혁명 53)이라고 쓰고 마는 세계에 좀 더 가까울지 모른다. 그 속에서 브라네 모제티치의 문장과 태도는 줄곧 '댄디즘'으로 불렸다. 다른 의미보다도 뻘 속에서 관조할 거리조차 확보하기 어려운 시대의 호흡을 문장으로 풀어낸다는 점이 근거로 작용한 것은 아니었을지 생각한다. 시대를 앞서 살아온 이의 문장은 이국땅에 분투하며 살아가는 이들에게 문장의 간격을, 자기 서사를 시로 풀어낼 호흡 법을 알려주는

듯하다. 설령 이야기가 길을 찾지 못하는 상황에도 소모적인 지금을 껴안으면서, 분노로 소진하기 쉬운 현재를 견디는 중에도 곁을 찾아올 누군가를, 그의 시는 여전히 기다린다.

행동주의 에세이

늪의 꿈, 진흙의 걸음, 영원의 몸

김대현

작가

역사 연구자, 한국게이인권운동단체 친구사이 활동가

1941년, 추축국 이탈리아와 독일의 침공으로 유고슬라비아 왕국이 무너진다. 전쟁 전에는 파시스트들에 의한 학살과 강제 수용이, 종전 후에는 독일과 이탈리아 군대의 협력자들을 살해하는 일이 발생한다. 반파시스트 유고민족해방전선의 수장 티토에 의해 인민민주주의와 사회주의를 표방한 유고슬라비아 연방 공화국이 세워진 후 이 지역은 모처럼의 평화를 누린다. 1980년 티토가 죽고 연방이 붕괴되면서 평화는 깨진다. 유고군이 하나둘 류블랴나를 떠나고, 1991년 발발한 유고 내전은 2001년까지 지속된다. 그 첫해인 1991년 슬로베니아가 유고 연방으로부터 분리 독립한다. 혁명과 반혁명, 민족주의를 등에 업은 전쟁과 인종 청소가 다른 구 유고 연방 지역을 휩쓸 동안, 신생국 슬로베니아 또한 이전 유고 연방 시기에 비해 군사화되고 보수화되고, 민족주의가 대두되는 흐름을 보인다. 그 모든 시간들을 통틀어 성 소수자에 대한 사회적 억압은 형태를 달리하여 오래 지속된다. 비록 체제와 지역의 차이, 분단 모순에 따른 민족주의의 서로 다른 맥락은 있겠으되, 탈식민과 냉전과 인권 침해의 불구덩이를 살아온 한국의 독자에게는 그리 낯설지 않은 시계열의 역사다.

그러니 '온갖 곳에서 아이들을 만들고' 또 '아이들을 죽이'는, 소위 '평화를 유지'(시 9) 하는 군인에 대한 저자의 적대는 자연스러운 것이다. 그러면서 저자는 '애초에 사랑을 한다는 게 불가능'(시 18)할 열여섯 살 게이 소년을 넌지시 바라본다. 그 소년의 몸 안에 시대의

가해와 피해는 서로 얽혀 있다. 신산스러운 현대사를 관통한 사람들은 대체로 뭔가 곤란하고, 돌이킬 수 없이 훼손된 듯한 감각을 몸소 느낀다. 일찍이 관제 동원을 경험하고, 자라서는 혁명의 열망과 뒤란을 경험하고, 그리고 '또 다시 나라 없는 신세'가 되어 '전시 대피소'(혁명 25)에 있어본 사람에게, '혁명'은 '없'고 '운동은 위험'한 것이며, '서투른 행진'만이 그곳에 남는다(혁명 23). '이미 수백만 권의 책들로 적'힌 '역사'(시 8), '기록할 수 있는 권리'란 날 더 '병들게'(혁명 18) 하고, 국가니 가족이니 하는 '공중으로 불어 놓은 비눗방울'은 대체로 '경멸'스러운(혁명 41) 것이다. 그래서 적어도 '치명적이지 않고', '비극적이지 않은' '시시한 것들'을 볼 때 차라리 뭔가 '보상'을 받는 느낌이 든다. '내 자신의 삶'부터가 '얼마나 시시한 지를 깨달'(시 12)을 일이 적지 않기 때문이다.

그런 와중에 시인이자 활동가인 저자는 '저항에 대한 스케치'를 끝내 손에 놓지 않는다. 그것이 '뚜렷하지 않'고, '누군가에게 거의 이해받은 적이 없'(혁명 23)다 할지라도. 그런 환경일수록 어떤 사람에게 세계의 불투명함과 나의 불투명함을 이해하기 위한 몸부림은 한층 곡진한 것이 된다. '마음의 고통 없이 평화롭게 살 운명이 아니'(혁명 9)기도 하거니와, 내가 빼앗긴 것, 내가 스스로 닫아 온 것들을 새삼 전부 열어 볼라 치면 '나는 이 모든 걸', 결국 '이것들 전부를'(시 13) 원하게 될 테니 말이다. '2001년 6월', 성 소수자라는 이유로 류블랴나의 '한 카페에 입장하는 것'이 허용되지 않고 그 사실이 정부와 시 당국과 언론을 통해 모욕적인 방식으로 공표되자, '한 국가의 환상'이 '산산조각난'(혁명 22) 그는 슬로베니아 최초의 퀴어 퍼레이드, 류블랴나 프라이드를 개최하는 데 힘을 보탠다. 활동가의 마음이란 그런 것이다. 남들이 기대하지 않을 때 세상에 더 큰 기대를 걸고, 그 기대치에 맞게 세상의 수준을 끌어올리려는 마음. 그 마음으로 시대를 옮길 천 걸음의 첫 발을 떼는, 그렇게 해서라도 지금보다 더 옳은 것들에게 마침내 사랑받고 싶은 마음.

하지만 커다란 꿈을 사는 일은 시시때때로 찾아오는

커다란 절망과 등을 맞댄다. '무언가 내가 지어낸 것, 나만이 지울 수 있는 것을 원'(시 15)하는 일은, 이미 어려워진 몸으로 이미 어려워진 욕망을 원하는 것은 아닐까 생각한다. 그러니 더 크고 넓은 인식과 지향을 품은 활동가의 내면은, 때로 그 광막의 너비만큼 쓸쓸해진다. 그런 '무시무시한 침묵과 더 무시무시한 어둠'(시 60)의 심연을 품고 사는 일은 누구에게나 어렵다. 그런 까닭에 저자는 종종 '나라를 바꾸'고 '내 환경을 바꾸길 꿈'(혁명 50) 꾸고, 그것들로부터 '벗어나기 위해 여행'(혁명 9)하며, 그것이 불가능할 때는 '눈을 감고 여기에 없는 척'(시 20)한다. '나는 이미 내 삶의 절반을 살아 있으려 애쓰면서 보냈'(시 11)으므로, 의미가 발생하고 의미가 폐기되는 섹스의 현장에 거듭 몸을 맡긴다. '고양된 듯' 보이는 자리로부터 '밑으로 끌어내리고 싶'은 '시들'(혁명 52)과 더불어, 그렇게 '늪'과 '진흙'처럼 '영원히 우리를 구해'(시 48) 줄 어떤 것을 찾고, 나는 종종 '더 나은 어떤 것을 모른다.'(시 26)

2022년 11월 6일, 저자는 한국에서 개최된 프라이드 엑스포의 시 낭독회에 참석했다. 그가 마지막으로 읊은 시는 『끝나지 않는 혁명의 스케치』의 다음 내용이었다. '왜 당신은 시에서 당신의 게이 정체성을 그렇게 강조하'냐는 질문에 시인은 이렇게 답한다. '그저 나와 우리 게이들 모두가 더 편해지도록,' 하려고, '30년째' '내 인생'을 바치는 동안 나는 실로 많은 것을 잃었노라고. 활동가 스스로 활동 가운데 무엇을 잃었는지를 말하는 광경은 보기 쉽지 않다. 그런 무례한 질문이 오가는 그들만의 '축제에서 벗어'나, '신선한 공기를 좀 쐬러 갔다'(혁명 39)는 대목을 끝으로 그는 낭독을 마친다. 우리의 문제를 우리의 입장과 언어로 다시 정리하는 것에서 운동과 문학은 시작되고, 잃더라도 그렇게 할 수밖에 없는 일이 세상에는 있다. 행사 시작 후 누구 하나 자리를 뜨지 않던 그날의 낭독회가 그렇게 마무리되었다.